JN070601

TERUKO&LUI
照子と瑠衣

井上荒野

祥伝社

照子と瑠衣

装幀　大久保伸子
装画　サイトウユウスケ

照子

「あんたってそういう女よね」

きっと瑠衣《るい》はそう言うだろう、と思いながら、照子《てるこ》はいなり寿司《ずし》を作っていた。すし飯には大葉とちりめんじゃこと胡麻《ごま》を混ぜた。あんたってそういう女よね。これも、言われるだろう。呆《あき》れた顔で。でも、しょうがないじゃない、と照子はいつものように、頭の中の瑠衣に言い返す。おいしいほうがいいもの。おいしいほうが元気が出るもの。

いなり寿司は全部で二十個。十個を持っていき、残り十個は寿朗《としろう》のために置いていくつもりだ。ピーッと、圧力鍋が音をたてる。照子はコンロの火を止める。あとは放っておけば、牛肉のワイン煮が出来上がる。いくら寿朗でも、圧力鍋の蓋《ふた》を開けるくらいはできるだろう（いや――爆発物のように思って手を触れられないかもしれないから、冷めたら蓋を外してラップをかけておいたほうがいいかもしれない）。あんたってそういう女よね。本日三回目の瑠衣の声。最後なんだもの、それくらいしたっていいんじゃない？　照子は言い返す。

牛肉のワイン煮は、それはもうおいしいのだが、赤ワインや香味野菜でマリネしておいた肉にトマト缶を加えて煮るだけでごく簡単にできてしまう。二日前、瑠衣から電話がかかってきた日に、買い物に行き材料を揃《そろ》え、マリネして冷蔵庫に入れておいた。ということは、あのときもう決めてたんだわ、と照子は思う。丸二日考えていた気がしたけど、電話のすぐ後に――というか、たぶん、瑠衣の「助けて」という声を聞いた瞬間に、決めてたんだわ。

それで照子は、その「助けて」という瑠衣の声を、あらためて思い返した。照子と瑠衣はともに今年七十歳。隣市の公立中学校で出会ったのは十四のときだから、五十六年間の付き合い――「実質的に」と考えるなら三十歳のときからということになるが、それでも四十年になる。その間、瑠衣は照子に「助けて」なんて一度も言ったことがなかったし、あんなに切実な声を出したこともなかった。それで照子は、これまで頼る一方だった自分が頼られたということで、ちょっと溜飲《りゅういん》が下がったというか、ほくそ笑みたいような気分にもなっているのだが、その一方で、あの「助けて」は、自分の声であるようにも聞こえたのだ、と考えていた。

いなり寿司が出来上がり、ついでにだし巻き玉子も作った。寿朗用のは塗りの重箱に、持っていくぶんは経木《きょうぎ》の弁当箱（そうだ、これもあの電話の日に買っておいたのだった）に詰めて、冷蔵庫にあった奈良漬もちょっと切って添えると、照子はひとまず安心した。いつになるかわからないが、とにかく今日の一食はおいしいものを食べることができる。さて、次は荷造りに取りかかろう――。

壁の上の時計をちらりと見る。まだ十時を過ぎたところだ。今日、寿朗はゴルフに行っていて、クラブハウスで昼食をすませてから帰宅する予定になっている。大丈夫、彼が帰ってくるまでに余裕で家を出られる。でも、あんな切ない声を出す瑠衣を長く待たせるのは忍びないから、できるだけ急ごう。

照子は寝室へ行き、ウォークインクロゼットからリモワのスーツケースを引っ張り出した。海外旅行用の大型のものだ。まずは下着や服や靴を詰める。これらは、なければないでどうにでもなるものだ。思い入れもないから、「丈夫で、手洗いできるもの」という基準で選ぶ。母から譲られたパールのネックレス——元々は祖母のものだった——は持っていくことにする。身につける機会が今後あるかどうかはわからないけれど。裁縫セット。お気に入りの小説を三冊。アルバム。これは結婚するときに持ってきたもので、とっくに亡くなった両親や、自分と姉の子供時代のスナップが貼ってある。結婚後のアルバムもあるが、こちらは持っていかない。結婚式の写真も、パリへ新婚旅行へ行ったときの写真も、持っていきたいという気持ちには全然ならない。自分のその未練のなさに、照子は少し悲しくなり、それ以上に心強さを感じた。

結局のところ、この家の中に、持ち出したいものはあまりなかった。スーツケースを持って寝室を出ていくと、それをリビングに置いてからキッチンへ戻り、大事にしていた食器を少しと、いくつか缶詰を入れ、蓋を閉めた。それから再び寝室へ行き、預金通帳ほか、重要なものをショルダーバッグに入れた。最後にハッと思い出した。ドライバーのことを。肝心なものだ。忘れるところだった。思い出してよかった。

照子は、玄関横の小部屋に入った。納戸《なんど》として設計された部屋だが、寿朗が「書斎」として使っている。といってもこの部屋からキーボードを叩《たた》く音が聞こえてきたことはなく、にもかかわらず照子がうっかりノックをしないでドアを開けると、寿朗は慌てた様子でノートパソコンを閉じる、というのが常だったが。そんなことはどうでもいい。ドライバーだ。その種の道具は、デスクの横の作り付けの棚の、プラスチックのカゴの中に入っているということを知っている。ドライバーは寿朗のものだ——ということになっている——が、家の中でドライバーを使う必要が生じたとき、それを使うのは概《おおむ》ね照子だったから。だが今日、ドライバーは見当たらなかった。カゴの中には雑貨がごちゃごちゃと詰め込まれていて、ドライバーはいつでもいちばん上に載っていたのに。

照子は焦って、カゴの中身を床の上にぶちまけた。あった。底のほうに入っていた。よかった。寿朗は整理整頓が本当に下手《へた》くそな人だから、やっぱりこのカゴの中に入れたはずの何かを探そうとして、ごちゃごちゃかき回して、ドライバーが底に沈んだのだろう。でも、おかげでドライバーがなくなったことをしばらく気づかれずにすみそうだ。そう思いながら中身をカゴに戻そうとして、あるものに気づいた。小さなもの。トークンだ。ネット決済をするときに使う道具。銀行名が書いてある。我が家とは取引がない銀行だ。いや、取引はあったのだろう。寿朗が、私に知らせず取引していたのがこの銀行だったのだろう。照子はそれをパンツのポケットに入れた。そしてカゴを元通りにした。

最後に照子は、キッチンに置いた木製のスツールに座った。キッチンは照子の聖域であり、スツールは相棒でありこの家の中での唯一の味方だった。ここでこの椅子《いす》に座って栗を剝《む》いたりもやしのひげ根を取ったり、物思いに耽《ふけ》ったりし、必要なときにはキッチンから持ち出して踏み台にし、高いところでの作業をした――一度そういう作業を寿朗に頼んだら、ものすごい非難と説教とが返ってきたので、以来二度と頼まなかった。できれば持っていきたいくらいだ。

食器棚の抽斗《ひきだし》から取り出した鳩居堂《きゆうきよどう》の便箋《びんせん》を、カウンターの上に広げる（つまりキッチンは、照子の「書斎」でもあったのだ）。書き残す文言を考えた。さようなら。それひと言で十分だと思えるが、深読みされて、いらぬ心配をされてあとが面倒になるかもしれない。

さようなら。出ていきます。

これならどうだろう。まだ深読みされるだろうか。私には行く場所なんてないと彼は思っているだろうから。もうちょっとあかるい感じ？　グッドバイとか？　さらに不安にさせるだろうか。寿朗は太宰治《だざいおさむ》なんて読んだことはないはずだけど。それに、彼との別れにグッドなんて形容詞は使いたくない。

とにかく、私は死ぬつもりなんかない、ということはわかってもらわないと。警察に捜索願を出されるような事態になることは避けないと。自分は捨てられたのだということを寿朗にわかってもらわないと。外聞をごくごく気にする人間である寿朗に、警察沙汰《ざた》にしたくない、周囲にも当分ひみつにしておこう、という心境になってもらわないと。

照子は考え、最終的にこう書いた。


さようなら。

私はこれから生きていきます。


そしてスーツケースを引っ張って、三十九年間暮らしたマンションのその部屋を――というか、四十五年に及ぶ寿朗との結婚生活を――出ていった。


照子はハンドルを握っている。

シルバーのＢＭＷ。寿朗の愛車だ。これを盗んだ（と、寿朗は思うだろう）ことはかなり気が咎《とが》めるけれど、この先は車がなければどうにもならないから、仕方がない。寿朗がゴルフをするときはいつも仲間のひとりが迎えにきて、彼の車に寿朗は乗っていく。そうすれば昼食のときにビールが飲めるからだ（迎えにくる人は下戸《げこ》らしい）。それを知っていたから、決行を今日にしたのだった。

運転は手慣れたものだった。というのは、ゴルフの場合と似たような理由で、お酒を飲んだ寿朗を迎えにいくことがたびたびあったから。彼が定年になる前は週に三日は、新橋《しんばし》や銀座《ぎんざ》に向かって日付が変わる頃に車を発進させていた。寿朗が照子に免許を取らせたのは、そのため——と、週末の食料品の買い出しに自分が付き合わずにすませるため——だったと言っていい。私はこの車があまり好きじゃないけど、車のほうは、寿朗じゃなくて私こそがドライバーだと認識しているに違いないわ、と照子は思った。

車に乗り込んだときに瑠衣にはこれから出る旨を電話していた。駅前のロータリーに、彼女がすでに立っているのが見えた。赤い大きなつば広帽子、黒と白のボーダー柄のサマーニット、鮮やかなグリーンのパンタロン（瑠衣が好む形状のパンツについて、照子にはこの名称しか思いつかない）。大柄でグラマラスな体形やパーツのすべてが大きくて目立つ顔立ちは、イタリアやスペインの女優の晩年を思わせる。容姿も性格も、瑠衣と自分はすべてがきれいに真逆だと照子は思っていた。ちなみに照子は白髪《しらが》の耳下までのボブヘアで、背丈は瑠衣と同じくらいだが幅は半分くらいしかなくて、顔立ちは和風で、ストライプの麻のシャツにゆったりしたチノパン、というのが今日の出《い》で立ちだった。

「瑠衣ー！」

照子は車を停めて窓を開け、呼んだ。瑠衣はちょっとびっくりしたようだった——これまで照子が瑠衣と会うとき、車を使ったことはなかったから。瑠衣は助手席に乗り込んだ。荷物は小さな旅行鞄《かばん》ひとつだ。それは後部座席に置いた。

「遅い」

　というのが瑠衣の第一声だった。肉感的なその唇がきれいに朱赤に染められていることに、照子は感心する。

「電話してから十分もかからなかったでしょう？」

　ロータリーを出ながら言う。

「い、い、あたしが電話したのは一昨日《おととい》じゃない。それから二日も待たせてさあ。この歳《とし》で、ずうっと漫喫にいたんだから」

「まんきつ？」

「漫画喫茶！　安く泊まれるのよ、ビジホとかよりずうっと」

「びじほ？」

「ビジネスホテル！」

「なんでも略すからわからないのよ」

「わからないのは、あんたが箱入り奥様で、ビーエムを乗り回してるご身分だからよ。で、二日かけてご主人様の許可は下りたの？　あたしはあんたんちに泊まらせてもらえるの？」

「ご主人様っていうのはやめてくれる？」

　複合ビル横の交差点の赤信号で、車が溜《た》まっている。瑠衣はちょっと黙った。悪かった、と思っているのかもしれない。照子と寿朗の関係については、よく知っているのだから。でも

「ごめん」とは言わないだろう。それが瑠衣だ。

「まあ楽しみっちゃ楽しみだな。はじめてだからね、あたしが、あんたのその……連れ合いに会うの」

連れ合いときたか。瑠衣にしては上出来だと照子は思う。

「会わないわよ」

照子は言った。

「え？　彼、いないの？　どっか行ったの？　あたしが来るから？」

「違う。あの人がいる家には、戻らないの」

「え？　どういうこと？　じゃあ、どこ行くの？」

「長野」

車が動き出した。照子は左にハンドルを切った。この道の先には、高速道路の入り口がある。


道は空《す》いている。

お盆はもう終わったし、今日は平日だから。快晴で、気温は高い。エアコンを利《き》かせた車内に、夏の最後の悪あがきみたいな日差しがじりじりと入り込んでくる。

あっちで、お水はすぐに使えるのかしら。

照子はそう考えている。というのは、瑠衣から少々へんな匂いがするからだ。臭《くさ》い、というのでもない――何か人工的なフルーツの匂い。きっと「まんきつ」のシャンプーかボディソープの匂いだわ、と考える。もちろんそんなことを口に出したりはしない。「まんきつ」――それがどのような場所なのかはよくわからないけれど――で二日間もがまんさせてかわいそうだった、と思う。

「別荘持ってたなんて知らなかった」

瑠衣が言う。この話は一度終わっていたのだが、やはりまだ気になるらしい。まあね、と照子は言った。

「いつ買ったの？　教えてくれたら遊びに行ったのに。今年も行ったの？　富裕層の夏ってわけね。またあたしに嫌味言われると思って、黙ってたのね」

勝手に答えを考えてくれたので、照子は黙っていた。

「あーっ。せいせいする」

瑠衣は両腕を伸ばした。車の中では帽子を脱いでいて、金色に近い藁色《わらいろ》に染めたベリーショートの頭が上下に揺れる。

「狭っ苦しい車の中でも、ホームよりずっといい。息ができる。空気がおいしい」

「だから、やめときなさいって言ったのに」

照子は反撃に転じることにした。

「老人ホームで暮らすなんて、瑠衣にできるわけないじゃない」

「老人ホームじゃないわよ、老人マンションよ」

自分でホームと言ったくせに、瑠衣は訂正した。

「〝老人〟っていうところは同じでしょ」

照子は言い返した。実際のところ、「老人ホーム」と「老人マンション」の違いが――瑠衣から再三説明されたけれど――いまだよくわかっていない。

「だってあたしたち、老人じゃん」

瑠衣が口を尖《とが》らせる。「老人」は「ロージン」と聞こえ、そうするとなんだか、両手を前に上げて「うあ～」「うあ～」と呻《うめ》きながら徘徊《はいかい》するゾンビみたいなものが浮かんでくる。

「そんなこと思ってないくせに」

照子が言うと、瑠衣はしばらく黙ってから「まあ、そうだね」と同意した。照子は笑い、瑠衣も笑った。

照子はがぜん楽しくなった。いつもそうなのだ。瑠衣と一緒にいると、いつも楽しい。口げんかをしているときでさえ、結局は楽しくなる。自分の暗黒の人生が、彼女の存在によってどれほど助けられてきたことか。

「気弱になってたことは認めるよ」

「信じられなかったわ、せっかく当たった宝くじを、老人ホームに入るのに使っちゃうなんて」

当選金は五十万円だった。それを初期費用の足しにして、瑠衣は老人ホーム――老人マンションだったか――の一部屋を賃貸する、という決断をしたのだ。やめときなさいと照子が言ったのは本当だが、そのときには瑠衣はすべての手続きをすませていた。

「楽しい場所じゃないとは思ってたけど、あそこまで楽しくないとは想像してなかった」

瑠衣は前方を睨《にら》むようにして言った。その、楽しくなさすぎる出来事については電話でざっと聞いていて、照子は瑠衣同様に憤慨したり呆れたりしたのだが、もっと詳しく聞きたくてたまらない。もちろん、その先に繋《つな》がる武勇伝――瑠衣が老人ホーム、いやマンションから逃げ出してくる理由となったこと――についても。

「思い知らせてやったって、何やったの？」

現地に着いてからにしようと考えていたのだが、がまんできなくて聞いてしまった。瑠衣はちらっと照子を見、膝《ひざ》の上のまがいもののバーキンの中をゴソゴソ探った。

「これ」

取り出して見せたのは口紅だった。瑠衣が蓋を開けると、磨《す》り減った赤いスティックがあらわれる。今日の瑠衣の唇と同じ色だ。

「これでさ、でっかいバツ印を書いてやったの。悪いやつらの部屋のドアに。なんだっけあれ、アラビアのロレンスじゃなくて……〝ひらけゴマ〟が出てくるやつ」

「アリババね！」

すっかり嬉《うれ》しくなって照子は叫んだ。「アリババと四十人の盗賊」だ。盗賊がアリババの家を見つけてドアに印をつけたとき、モルジアナという賢い娘――あの娘は、アリババとはどういう関係だったかしら――が、近隣の家のすべてのドアに印をつけてアリババの家を隠したのだ。

「そうそう。それよ。隠したんじゃなくてむしろあいつらの悪事を知らしめるためにやったんだけどね。あいつらが盗賊みたいなものだったから」

「その口紅で！　ドアに！　バッテンを！　それは逃げ出すしかないわね！」

あはははは、と照子は笑った。瑠衣といるとき、こんなふうに笑うことはよくあって、そのたびにあたらしい良い空気が肺に入ってくるような心地がした。

「あんたのその笑いかたは、あたしの好きなもののひとつだよ」

瑠衣がニヤニヤしながら言った。あら！　と照子は応じた。

「私にとっては、瑠衣そのものが私の好きなもののひとつよ」

「言うわね」

瑠衣は照れて、肘《ひじ》で照子を小突いた。照子は再びあはははと存分に笑って、あたらしい空気を吸い込んだ。

照子と瑠衣が中学生だった頃、ふたりが住んでいた東京郊外のその辺りには、田んぼや畑がまだふんだんに残っていた。

照子が思い出すのはトマトだ。通学路にトマト畑があった。畑と畑の間の狭いあぜ道を通って学校へ通っていた。夏、小さな青いトマトの実は次第に大きくなっていき、まだ十分に赤くならないうちにある日収穫されて畑から消えてしまうのだが、ひとつふたつ、残って赤くなるものがあり、そんなトマトを見るたび当時の照子は、瑠衣を思い浮かべていた。

割れ目が入っていたり形が歪《いびつ》だったりして、取り残されて赤く熟《う》れていくトマト。たくましく生き延びているイメージがあったが、そのたくましさにはどこか悲壮感もあった。割れたトマトが笑っているように見えるとき、その表情は瑠衣の笑い顔に重なった。

といっても、仲が良かったわけではなかった。中学二年と三年の間、照子と瑠衣は同じクラスだったのだが、かかわりはほとんどなかった。サバンナの草食獣と肉食獣みたいなものだった。いや、サバンナであればライオンがシマウマに襲いかかるということが起きるだろうが、その種のかかわりさえないエリアにそれぞれ生息していた。端的に言えば照子は校内模試でつねに上位三番以内の点数を取る優等生で、瑠衣は校内模試の途中で教室を出ていってしまったり、鞄の中にタバコを隠し持っているのを見つかったりして、始終職員室に呼び出されている不良少女だった。お互いに相手の存在を知っているだけで、言葉を交わすきっかけも必要もないまま中学二年は過ぎていた。

中学三年の一学期の終わりに、台風みたいな大雨が降った。朝、家を出るときには止《や》んでいたのだが、照子がトマト畑まで来てみると、あぜ道がすっかり水没していた。恐怖に駆られて突っ立っていると、そこに瑠衣がやってきたのだった。

後から瑠衣の家の住所を調べたら、そのあぜ道は瑠衣の通学路でもあったのだった。通常は照子よりずっと遅くそこを通っていたのが——というのは瑠衣は、遅刻の常習者でもあったから——その日は近くの川の増水を見物に行ってそのままそこへ来たらしい（と、後から聞いた）。そうしたら同じクラスの、シマウマあるいはキリン的な女が足を竦《すく》ませていた。そういう成り行きだった。ひゃーっ。小川のようになったあぜ道を見て瑠衣は嬉しそうな声を上げた。

「行こう」

と瑠衣は照子に言った。照子が呆然《ぼうぜん》としていると、手を引っ張られた。今日はいったん家に帰ったほうがいいのではと考えていたのに、瑠衣と一緒に泥濘《ぬかるみ》にずぶずぶ入っていくことになった。ひゃあ。うひゃっ。すごっ。瑠衣は賑《にぎ》やかに声を上げながら、照子をぐいぐい引っ張って歩いていった。

「あんた、そんなに学校行きたいの？」

途中で水位がぐんと深くなり、スカートをブルマーみたいにたくし上げながら瑠衣は言った。

「え？　ええと……」

照子も瑠衣に倣《なら》いながら、そういうわけじゃない、ということを説明しようとした。

「さっすが優等生だね」

照子が何か言う前に瑠衣がそう言い、そのいかにも適当な納得に、照子は思わず笑ってしまった。あははは。思えばそれが、照子が瑠衣の前で笑い声を上げた最初だった。

水がない場所に行き着くと、じゃあねと片手を上げて瑠衣は走って行ってしまった。あれはあんたに気を遣《つか》ったのよ、一緒に登校するとあれこれ言われるからね、あんたもあたしも。あとから瑠衣はそう説明した。靴もスカートもびしょびしょで、その日はふたりとも体操着で授業を受けたのだが、それをきっかけにして交流をはじめる、ということはまだなかった。交流はそれから十六年後のことになる。


「あんたってそういう女よね」

瑠衣が言う。今ふたりは、双葉《ふたば》SAのハーブガーデンの中にあるベンチに座っている。朝、ペットボトルのミルクティーを飲んだだけだと瑠衣が言い出して、いなり寿司をここで食べることになった。

「どんなときだって、わざわざこういうの作ってきてくれちゃうのよね。まあ、ずっとコンビニ弁当ばっかり食べてた身としてはありがたいけどさ」

やっぱり言ったわ。照子はそう思うが、本当の意味で、私がそういう女であることを瑠衣はまだわかっていない、と考えている。寿朗に置き手紙を残してきたことも、これからの計画もまだ打ち明けてないから。

「ひゃあ。ちりめんじゃこが入ってるじゃない。料理にかんしては、あんたいつも徹底的にやるよね」

おーいーしーい！　と瑠衣は声を上げる。照子も食べた。もちろん、おいしい。どんなときでも——こんなときでさえ——こんなにおいしいものを作れてしまうというのは、私のいいところだろうか、悪いところだろうか。寿朗はこれを食べるだろうか、とふと考える。食べてほしいと思っているのか、バカにするなと怒鳴《どな》ってゴミ箱に放り込んでくれたほうが気が楽になるのか、それもよくわからなかった。寿朗がどんな男であったにせよ、まがりなりにも四十五年間も共に暮らしていたのだから。

瑠衣は三つめのいなり寿司に手を伸ばし、照子ももうひとつ食べようと思ったときだった。

「まだ食ってんのかよ？」というダミ声が頭上から降ってきた。

「俺ら、さっきから待ってんだけど。サービスエリアでピクニックすんなよ。少しは人の迷惑考えろよ」

文句を言っているのは三十歳くらいの体格のいい男だった。言葉や態度の横暴さに比べると、赤いポロシャツと白いジーパンという出で立ちはごくふつうだった。横に、彼より少し若いくらいの女性――ミニスカートにタンクトップ、透けるボレロみたいな羽織りもの――が立っていて、きれいに化粧した顔でこちらを睨みつけている。

「ここに来たらそこに座るのがあたしたちの決まりなんですけどぉー」

女性は怖い顔のままそう言った。照子はちらりと瑠衣を見た。目を丸くして、闖入者《ちんにゅうしゃ》を凝視している。口を利かないのは、今口いっぱいにいなり寿司が入っているせいだろう。

照子は躊躇《ちゅうちょ》しなかった。なぜなら、躊躇しない、というのはこれから先のテーマのひとつであるからだ。ショルダーバッグの中を探ってサングラス――みっつ持っている中でいちばん濃い色のを持ってきた――を取り出し、それをかけた。それから、おもむろに右腕のシャツの袖《そで》をまくりあげた。

こちらの腕には、びっしりと刺青《いれずみ》が入っているのだ。

赤いポロシャツの男とミニスカートの女の表情が、一瞬にして強《こわ》ばった。やったわ。照子は胸の中でガッツポーズした。だが次の瞬間、ミニスカートの女が噴き出した。

「それアームカバーじゃん」

しまった。距離が近すぎたんだわ。車の窓からさりげなくこの腕を出すと、「煽《あお》られる危険が少なくなります」って説明書に書いてあったんだけど。

「何ドヤ顔で見せてんの？　意味わかんない」

「なめてんじゃねえぞババア」

また攻撃がはじまってしまった。照子は再び瑠衣を見た。情けないが、すがるような表情になっていただろう。瑠衣の目がカッと見開かれた。いなり寿司をようやく飲み下したのだ。

「なめてんのはそっちでしょうが。人が座ってる場所に座りたいならそれなりに礼儀を尽くして頼みなさいよ。〝あたしたちの決まり〟って何よ。なんであたしらがあんたたちの決まりに従わなきゃなんないのよ。ババアだと思うんなら年寄りに敬意を表しなさいよ。意味わかんないのはあんたたちだよ。全然わかんない。ぜんっぜん、わかんない！」

さすがの迫力だった。瑠衣はシャンソン歌手だから、声量があるのだ。ガーデン内にいる家族連れがこちらを見ている。駐車場のほうでも首を伸ばしている人たちがいる。

若いふたりはあきらかに気圧《けお》されていた。「ババア」から反撃されるなんて想定外だったのだろう。いいよもう、行こうよ。女が男に囁《ささや》いた。チッ。男がわざとらしく大きな舌打ちをして、ふたりは立ち去っていった。

照子は三度、瑠衣を見た——今度は恐る恐る、窺《うかが》うように。

「よく、がんばりました」

腹立たしいことに、瑠衣はやさしげにそう言って、うんうんと頷《うなず》いてみせた——笑いをかみ殺した顔で。

高速を降りて、車の中は静かになった。

刺青柄のアームカバーについて、ひとしきり面白がっていた瑠衣は、ようやく気がすんだらしい。

照子の真剣さが伝わってくるせいもあるのかもしれない。あるいは何かおかしい、と察知しはじめているのかも。今、車は、八ヶ岳《やつがたけ》の麓《ふもと》の別荘地の中を走っていた。ここまではちゃんと調べておいたのだ。でも、どの家がいいかは、実際に見てみないとわからない。

「自分の別荘の場所、忘れちゃったの？」

登り切った坂の上で照子が車をUターンさせると、瑠衣はやや不安そうにそう聞いた。

「黙ってて」

照子は右の道に入った。この季節、別荘地内はひと気がなくて、ほかの車にも居住者にもまったく出逢《であ》わない。もちろん、そういう時期だと知ってこの計画を立てたのだ。あまり管理が行き届いていない、山深い別荘地だというのもポイントだった。ぐるぐる走っている間に、候補を二軒見つけていた。この通りもよさそうだ。うっそうとした木々の向こうに一軒ある。照子はそこへ入っていった。

車を停める。木に遮られて表から車が丸見えにならないところもいい。家は焦げ茶色の木肌のシンプルな造りで、いかにも古く、朽ちかけていると言ってもいいほどだが、それは安心材料にもなる。ここにしましょう。そう決めた。

「ここ？」

瑠衣が、失望をあらわにした声を出す。もっとモダンできれいな別荘を想像していたのだろう。でもそういう家には、いつ持ち主がやってくるかわからない。

「ここよ」

照子は決然とそう言って、玄関に向かった。ドアノブを回してみたが、もちろん鍵《かぎ》がかかっていた。何年も放りっぱなしでも、鍵くらいはかけておくだろう。大丈夫。そのためにこれを持ってきたんだから。

照子はショルダーバッグの中から、ドライバーを取り出した。

瑠衣

水は問題ない。

別荘を使うたびに開栓の手続きがあるかもしれないことが心配だったが、大丈夫だった。水道をひねったら水は出た。照子の調査によれば、この別荘地では水道代は管理費に含まれており、年度はじめに一年ぶんを払うシステムになっているから。一定量までは定額制なので、たとえば敷地内に温泉を掘って水を引き込んだりしないかぎりは、どれだけ使っても大丈夫。

「誰も気にしないわ」

電気は使えない。

照子が言うには、ブレーカーを上げれば通電するはずだが、電気を使えば当然電気代がかかり、それはこの家の本来の持ち主に請求される。申し訳ないし、なによりそこから足が付く危険が大きい。ガスも然《しか》り。この辺りは都市ガスではなくプロパンで、照子にはその仕組みはよくわからないが、使えばメーターは動くのだろうし、とすれば電気と同じ危険がある。「やめておいたほうがいいと思うの」

ここまでの説明を受けた時点で、瑠衣は事実をあらかた理解した。まあ、この家に入る際、照子がバッグからドライバーを取り出したときに、ある程度は察せられていたが。

「ここはあんたんちの別荘じゃないのね？」

瑠衣は言った。照子はキッチンのほうで何かごそごそしている。返事はない。

「知り合いの誰かの別荘ってわけでもないのね？　あんた、他人の別荘に不法侵入したのね？」

素足の上を何かが通り過ぎた。思わずヒャッと叫んで飛び退《すさ》ると、太ったコオロギみたいな虫が埃《ほこり》だらけの床の上を跳ねていった。夕暮れにはまだ早い時間なのに家の中は薄暗く、湿気とカビの臭いが充満している。天井と壁の上のほうには蜘蛛《くも》の巣が張り巡らされている。

「不法侵入したのは私じゃないわよ、私たちよ」

缶詰やレトルト食品の箱を両手に抱えた照子が戻ってきて、そう言った。食べられるもの、けっこういろいろ残ってたわ、と嬉しそうだ。いつの間にかハンカチで姉《あね》さんかぶりをしている。

「よそ様のものだから、できるだけそのままにしておきたいけど、非常食があると思うと安心じゃない？」

「……ええと。念のために聞くけど、これは犯罪だよ？　おまわりさんに見つかったら逮捕されるんだよ？　そのことはわかってる？」

「それくらいのこと、わかってるわよ」

ばかにしないで、という表情で照子は言った。

「……わかってるけど、かまわない、ってあんたは思ってるわけだ？」

「そうなのよ」

照子は嬉しそうな顔で頷いた。それで、瑠衣も頷いた。その時点で、照子の考えや決意が、全部ではないにしろ伝わってきたからだ。それに、照子がかまわないなら、あたしもかまわない。ごく自然に、そう思えたから。


ふたりはまず家の掃除に取りかかった。さいわい、掃除道具は揃っていたので――それ自体にカビが生えていたり蜘蛛の巣がかかっていたりしたが――とにかく今夜ここで眠るのがいやにならない程度にはきれいにした。あまり時間をかけられなかったのは、日が暮れないうちに車を出して、買い物に行きたかったからだ。

照子がカーナビに、ホームセンターとスーパーマーケットの場所を入力した。周囲にどんな店や施設があるのか、あらかじめ調べてあったらしい。ようするに照子は用意周到にこの計画を練っていたというわけだ。

「漫喫も知らないくせに、よくもまあ、こんなこと思いつくものだね」

今、車はすいすいとホームセンターに向かっている。瑠衣は感心せざるを得ない。

「必要なことだからよ」

照子はすまして答える。カーラジオからアバの「ダンシング・クイーン」が流れていて、サビの部分を一緒にちょっと歌う。それから、「私と瑠衣、ふたりにとってね」と付け足した。そういえば東京から別荘地までの道中は、カーラジオも音楽もまったくかけなかった。それなりに照子は緊張していたのだろうか。その緊張が今は解けているとすれば、ちょっと早すぎるんじゃないのと瑠衣は思うわけだが。

照子は掃除をしながらメモを取っていた。それは二枚あって、ホームセンターに着くと一枚を瑠衣に渡した。メモを見ながら、ふたり別々に店内を巡り、必要なものをカートに入れていった。カセットコンロ、カセットボンベ、毛布、枕、シーツ、掃除用品、ロウソク、ランタン、マッチ、鍋、フライパン、ザルやボウルなどの調理用具などなど。

それからスーパーマーケットへ行ったが、ここではメモは分けられておらず、照子ひとりが品物を選んだ。瑠衣はカゴを入れたカートを押して照子の後ろをついてまわった。それは当然で、瑠衣は食べることは好きだが、料理はからきしだからだ。そこは地元産にこだわった品揃えのスーパーらしく、入り口すぐの野菜コーナーを見て照子は小さな歓声を上げた。こうした日常の買い物をする照子の姿を瑠衣が見るのははじめてだった。いかにも愉《たの》しげに、売り場から売り場へと歩き回り、品物を手にとって頷いたり首を傾《かし》げたり、カゴに入れたりいったん入れたものをまた戻したりしている。スーパーマーケットの妖精といったところだね。瑠衣は思う。いや妖精は少々美化しすぎか。さっきの太ったコオロギみたいでもあるね。いやいや、飛び跳ねてるところは似てるけど照子は太ってはいないし、やっぱり妖精だね、そういうことにしておいてあげよう。

ホームセンターでもスーパーでも、お金は照子が財布の中から現金を出して払った。お金。そうお金の問題がある、と瑠衣は思う。これはあとでちゃんと相談しないと。とりあえず今は払ってもらっておくとして（だってあたしは持ち合わせがないから）。

別荘に戻ったのは午後六時少し前だった。あたりは薄闇になっている。照子はまるきり自分の家に帰って来たという態度で車を停め、家の中に入ると「あらまあ！　素敵な家じゃないの！」と芝居掛かった声を上げた。照子が料理にとりかかっている間、瑠衣はランタンに明かりを灯《とも》して家のあちこちに置き、玄関ドアの内側には南京錠《なんきんじょう》を取り付けた。留守している間の侵入者は防げないが、家の中にいるふたりの安全はこれでそれなりに守ることはできる。ドアの外側ではなく内側に錠をつけることにしたのは、侵入者としてのふたりの矜持《きょうじ》だ。

この家は二階建てで、一階にキッチンとリビングダイニングと浴室、二階に寝室がひと部屋あるコンパクトな造りだった。寝室にはシングルベッドが二台あった。瑠衣がその部屋へ行き、買ってきたシーツを敷いていると、いい匂いが漂ってきて、「ごはんよー」という照子の声が聞こえた。

木製の丸いダイニングテーブルの上に、食事の支度が整っていた。青い葉っぱと肉——匂いからして羊だろう、精肉売り場で「瑠衣は羊、大丈夫？」とたしかめられていた——の炒《いた》めもの、巨大な椎茸《しいたけ》のバター焼き、切り干し大根、それに鍋で炊いたごはん。二百五十㎖の缶ビールもふたつ。料理はどれもちゃんとした——紙皿とかではない——食器に盛り付けられていて、銘々皿に、塗り物の箸《はし》が添えられている。

「すごい」

完成度というより、この状況下においてこれほどに発揮されている照子の情熱に対して、瑠衣は心からの感心——と、いくらかの呆気《あっけ》——の声を発した。

「そんなに贅沢《ぜいたく》できないから、これからずっとこんな感じだと思うんだけど。いいかしら」

「十分贅沢だよ」

缶ビールで乾杯し、瑠衣が「これ何の葉っぱ？」と訊《たず》ねたことをきっかけにして、照子は料理の説明をはじめた。青い葉っぱはツルムラサキというものらしい。「東京でも売ってるけど、こんなきれいなツルムラサキははじめて見たわ」「羊と炒めたのは、羊がいちばん安かったっていうのもあるんだけど、ツルムラサキのクセには羊が合うと思って。ね、合うでしょ？　味付けはニンニクとお醬油《しょうゆ》とお酒と、お味噌《みそ》もちょっと入ってるの。お味噌はこの辺の農家の人が作ってるものよ」「椎茸、食べてみて！　これも地元産なのよ。絶対おいしいと思ったから、シンプルにバター焼きにしたの。ね、おいしいでしょ？」「あ、かきたま汁も作ってあるのよ。ごはんと一緒がいいでしょう？　ほしくなったら言ってね」

瑠衣は照子の顔をまじまじと見た。なんて嬉々《きき》としていて、生き生きとしていることだろう。

「あんた、本当に愉しそうだね」

「愉しいわよ。こんなに愉しいの、はじめてなのよ」

照子の目はキラキラと輝き、頬《ほお》が赤くなっている。アルコールには自分と同じくらい強いことを瑠衣は知っているから、ビールのせいではないだろう。

「瑠衣の食べっぷり、大好き。おいしそうに食べてもらえるだけで、こんなに幸せになるものなのね。これ何の葉っぱ？　って、あなた聞いたでしょう？　あのときからもう幸せだったわ」

「ばか照子ちゃん」

と瑠衣は言ったが、それは照子のことがあまりにもいじらしくなったからだった。照子が結婚した相手は、妻をセックス付きの家政婦みたいに思っている男だった。照子の、ごく上品な、控えめな言いかたを通して瑠衣はそのような印象を持っているので、実際のところは、もっともっと酷《ひど》い男なのだろうと思っている。そんな男と四十五年も一緒にいたから、「これ何の葉っぱ？」と聞かれただけで幸せになってしまうのだ、このばか照子ちゃんは。

それで、瑠衣はパクパク食べ、「うんうん」「ツルムラサキっておいしいもんだね」「椎茸サイコー！」「切り干しみたいなおかずってちょっとあると嬉しいんだよね」「羊、合うわー、ツルムラサキに合うわー」と意識的に通常の二割り増しで感想を述べ——実際、空腹だったし、料理はどれもすばらしかったわけだが——、それから、

「つまりさ」

と、これまでに知り得たことや、自分の感情などを整理しつつ、言った。

「あの男は、このことを知らないわけ？　今夜か明日の朝か知らないけど、あんたがいっこうに家に帰ってこないことに気がついて、びっくりするわけ？」

「そういうことね。びっくりする前に腹をたてるかもしれないけど」

うんうんと頷きながら照子は答えた。

「つまり、あんたは家出してきたわけね」

照子はちょっと考えるふうを見せた——あるいは、椎茸を咀嚼《そしゃく》していただけだったのかもしれない。

「家出じゃないわね。別離よ」

そう言って、ビールを飲んだ。別離。瑠衣はその言葉を繰り返してみる。

「もう帰らない気？」

「ええ、そうよ」

「それって、あたしのせい？」

「瑠衣のせいじゃないわ。瑠衣のおかげよ」

照子はニッコリ笑った。ばか照子ちゃん。それで瑠衣は再び小さく呟《つぶや》くしかなかった。ばか瑠衣ちゃん。照子が真似《まね》た。ふたりでビールでもう一度乾杯し、それで中身がなくなってしまったので、照子が日本酒の瓶を持ってきた。まったく感心し、呆れることには、この女は自分と瑠衣それぞれのお猪口《ちょこ》――どちらも骨董《こっとう》らしく、照子用には可愛《かわい》らしい色絵が入ったもの、瑠衣用にはもとはオランダのミルク入れだったというとろんとした白磁の厚手のもの――までスーツケースに入れてきていた。

瑠衣は、片手にウィスキーボトル、片手に赤い口紅を持っていた。

ウィスキーはなぜか、かきたま汁の味がした。昆布でとった上品な出汁《だし》がきいていて、たいへんにおいしかったが、かきたま汁なのでいっこうに酔わない。だが、いくら飲んでも酔えない気がする――そのせいで酒量が増えている――のは、この老人マンション、つまり「フェニックスムード第二」に来てからずっとなので、かまわないことにして、瑠衣は、そのふたつを持ったまま部屋を出た。

マンションといっても、この建物の中はホテルに似た造りになっている。部屋の外には絨《じゅう》毯《たん》敷きの長い廊下があって、その両側に部屋のドアが並んでいる。

こんなに長かったっけ。その廊下を見て、瑠衣は思う。前を見ても、後ろを見ても、果てが見えない。しかし果てのない気持ちになるのもまた、ここへ来てからめずらしくないことなので、気にせずふらふらと歩き出す（酔っていないはずなのに、なぜか足元がふわふわする）。大丈夫、各部屋にはちゃんと表札が出ている。ばかばかしいことに、表札ごとに梅のマークと、鳩《はと》のマークがついている。このマンション内には「梅澤派《うめざわ》」と「鳩田派《はとだ》」という二大派閥があって、それぞれの派閥に属する住人たちは、持ちものや着るものに何かとそのマークをつけている。見ただけですぐにそれとわかるように。強制なんかじゃなくて、みなさん自主的にやってくださるんですよ、と、梅澤のババアも鳩田のジジイも言っていたが、マークをつけないと嫌がらせをされるに決まっている——あたしがされたみたいに。

瑠衣がこのマンションに足を踏み入れたのは、そもそもは住むためではなかった。月に二度、マンション内の「レクリエーションルーム」で開催される、住人のための「懇親の夕餉《ゆうげ》」での、ステージの仕事を得たためだ。ところがその打ち合わせに何度か通ううち、今思えば完全に間違ったスイッチが入って、入居を決めてしまったのだった。それまで住んでいたアパートの大家が代替わりして建物が取り壊されることになり、住むところをあらたに探さなければならなくなったこと、ほぼ同時に、週に一度歌いに行っていた新橋のクラブのオーナーが急死して、クラブは閉店、必然的にそこで得ていた貴重な定収入を失って、照子に言った通りガクンと気弱になっていたという事情もあった。さらに悪いことには、二十歳《はたち》のときから買い続けている宝くじがそのタイミングではじめて当たって、五十万円という「大金」が手元にあったことに加え、アパートの立ち退《の》き料的なものも入る予定で、老人マンションの入居一時金を払える状況にあったのだった。それで、この先立ち退かされる危険がなくて、月二度の定収入ももれなく付いてくるという条件にクラリときて、生涯最悪の決断をしてしまったのだ。

老人ホームって、老人しかいないんでしょう？　やっちゃいけないこととかもいっぱい決められてるんじゃない？　無理よ、瑠衣には絶対無理よ。

照子はそう言って反対した（ときすでに遅かったわけだが）。まったく彼女の言う通りだった。老人マンションには老人しかいなかったし、やっちゃいけないことが満載だったし、やらなければいけないことも満載だったし、その上派閥問題があった。

入居当初、瑠衣はほかの住人たちから、めずらしい動物みたいに、それなりに珍重されていた。見た目で目立っていることは、「懇親の夕餉」に出演するシャンソン歌手であるということで納得されていたし、どちらの派閥も、瑠衣を自分たち側にゲットしたがっていた。だが瑠衣は、それを拒否した。派閥。グループ。それはこの世で瑠衣が忌《い》みきらうもののひとつだ。

どちらからのアプローチも受け流していたら、いやがらせがはじまった。この老人マンション内には食堂があり、三種の日替わりメニューから選んでリーズナブルに食事することができるのだが、まずはそこで、瑠衣が座っているテーブル（テーブルはすべて六人掛けだ）には誰も座らない、ということが起きた。瑠衣がそれにかまわずにいると——実際のところ、親しくもない老人たちと一緒のテーブルで食べるより、ひとりで食べたほうがずっとよかった——、次はそのテーブルの残り五席を梅澤派のメンバーたちが占めて、「懇親の夕餉で歌う素性《すじょう》が知れない歌手」についての悪口を聞こえよがしに喋《しゃべ》りちらした。

ある日には、瑠衣の部屋のドアの前に、使用済みの大人用おむつが捨ててあった。瑠衣はゾッとした——いったい誰が自身のそんなものを提供したというのか？　そしてとうとう、「懇親の夕餉」の会場で、瑠衣がステージに上がると観客たちの多くが背中を向ける、という事態になった。笑えるのはこのとき、日頃は反目し合っているはずの両派閥が、一致団結してその行動をとったということだ。

瑠衣の堪忍袋の緒が切れた理由はふたつあった。ひとつは、ステージのときのこのような状態が数回続いた後、老人マンションの管理事務所に呼ばれ、所長から「早急にどちらかの派閥に所属してほしい、でないとステージを辞めてもらわなければならなくなる」と通達されたこと。もうひとつは、派閥には属していても瑠衣のステージのときに背を向けなかった人たち、というのがじつは何人かいて、瑠衣は自分のパフォーマンスへの自信を強めるとともに、ありがたくも思ったわけなのだが、後日その人たちの部屋の前にも、例のブツが置かれていたのがわかったこと。それで、瑠衣は、「フェニックスムード第二」を見限った。そう、逃げ出したのではない、見限ったのだ。

——今、瑠衣は、口紅を持つ手にあらたな力と意思を込めて、あるドアの前に立っている。表札には「梅澤」とある。もちろんその傍《かたわ》らに梅マーク。そのドアに、赤い口紅で、大きなバツ印を描く。

廊下を歩く。次は鳩田のドアだ。バツ。まだ終わらない。両派閥の幹部連中の名前を全部控えてある。このドアにもバツ。こっちもバツ。バツ。バツ。伸び上がってドアの上から下まで斜めの線を引くのでなかなか疲れる。ウィスキーを呷《あお》る。うん、かきたま汁の味。次のドアは……と見ると、ここにも「梅澤」の表札が掛かっている。ふたりいたんだっけか。それとも分裂したのか。ババアのひとり暮らしのはずだけど。まあいいや、バツ。ふと見ると向かいのドアの表札は「鳩田」だ。鳩田もふたり？　バツ。瑠衣は歩いていくが、すでにバツをつけたはずの表札が、次々にあらわれてくる。あたし、もしかして前進してるつもりで来た道を戻ってる？　振り返ってみるが、あいかわらず果てがなく、自分が今どこにいるかもわからなくなってくる。あたし酔ってるんだわね。かきたま汁で酔ってるのよ。そういうことよ。

そのとき、前方――あるいは後方――に、女がひとり立っていることに、瑠衣は気づく。手を振っている。そして呼んでいる。顔はよく見えない。

照子？　違う。照子じゃない。だって照子はあたしを「おかあさーん」なんて呼ばないもの。

おかあさーん。

おかあさーん。

その女は呼んでいる。

あたしを。

瑠衣は目を覚ました。

一瞬、自分がどこにいるのかわからず、辺りを見回した。木の天井、微《かす》かなカビと埃の匂い、ひんやりした空気、ちくちくする新品の毛布。毛布の上には、照子のものであろうコートとロングカーディガンが重ねられている。そうだ、あたしたちは別荘にいるんだった——どこの誰のものかわからない別荘に。隣のベッドは空《から》だった。階下からコーヒーの匂いが漂ってくる。ナイトテーブルの上に置いた腕時計をたしかめると、午前九時を回っていた。昨日は照子とともに結構飲んだし、ドライブと掃除でさすがに疲れて、バッタリ寝てしまった。夢のことは、この種の夢を見たときはいつもそうであるように、意識的に頭の中から追い出した。瑠衣は起き出し、ベッドの下に脱ぎ捨ててあった服を身につけ、それだけでは寒かったので照子のロングカーディガンを借りることにして羽織り、階下へ下りていった。

「おはよう！　よく眠れた？　寒くなかった？」

キッチンから照子が晴れやかに言う。もう、ちゃんと薄化粧して、昨日とは違う服——白いニットのアンサンブル、下は昨日のチノパン——を身につけている。昨日は鍋で沸かしたお湯で、顔や体を拭いた。髪を洗いたいし、湯船にも浸《つ》かりたいところだ。

そう思いながら瑠衣が顔を洗って戻ってくると、「朝ごはんを食べたら温泉に行かない？」と照子が言った。

「温泉、あるんだ?」

「もちろん。そういう場所を、ちゃんと選んだんだもの」

そんな会話をしながら、照子はテーブルの上に朝食を並べていく。揃いの、紫陽花《あじさい》みたいな大きな花の模様がついたマグカップ(「アラビアのビンテージ」だそうだ)に入ったコーヒー、パンケーキみたいなもの。パンケーキみたいなものは、小麦粉にドライイーストを加えて発酵させた生地《きじ》を焼いた「クランペット」というものだという説明がある。

「おいしい! このトランペットみたいなやつもおいしいけど、このコーヒー、私の今までの人生最高においしい!」

そう言いながら、瑠衣は笑い出したくなり、実際に「あはははは」と声を上げて笑った。

「やーね、なあに?」と照子も少し笑いながら言う。これから、こういう毎日がはじまるのだ、と瑠衣は思う。電気がなくて夜はランタンとロウソクの明かりで過ごし、お風呂もなくてお湯が出なくて、でも近くに温泉があるから朝っぱらから入りに行って、節約しなくちゃねと言いながら、焼きたてのトランペットと、豆から挽《ひ》いた——照子ときたら筒状のコーヒーミルまで持ってきている——最高においしいコーヒーが飲める毎日。もちろん、笑ってばかりはいられないことはわかっているけど——。

「真面目な話をしたいんだけど」

それで瑠衣は、笑うのをやめて、そう言った。それからしばらく、真面目な話、つまりお金の話をした。照子はなかなか明かそうとしなかったが、結局、貯金が三百万円ほどあることを白状した。これは照子が暗黒の結婚生活の中でちびちび貯めた、彼女名義の財産なので、必要に応じて引き出すことができる。二ヶ月に一度、十万程度の年金が、その口座に振り込まれる。

一方、瑠衣のほうは、その方面にかんしては打ち明けることも隠すこともまるでなかった。つまり、貯金はほぼゼロに等しく、年金は未納期間が長かったので、年間で二十万程度しかもらえない。ふたりの経済を合算すると、どのような展望になるか。大丈夫よ、なんとかなるわよと照子は言ったが、料理と違って、この分野では照子の意見はまったくあてにならない。それで瑠衣は、午後から町に出ることを提案した。

温泉は車で五分ほどの距離にあり、どちらかというと観光客ではなく地元住民が多く利用している雰囲気があった。もちろん瑠衣と照子も、地元住民の顔をして入浴した。熱いお湯が体じゅうに沁《し》み渡った。露天風呂からは山と、その上空を旋回する鳶《とんび》が見えた。

瑠衣と照子はこれまでに一度だけ、一緒に短い旅をしたことがあって、だから互いの裸体を見るのははじめてではなかったのだけれど、その最初で最後の一回はもう何年も前のことだったから、瑠衣は照子の体を見て、自分たちの年齢のことを思わないわけにはいかなかった。七十だ。なにしろ、年金を受給される歳なのだし、「老人マンション」に入居するほどの歳でもあるわけだ。でも、それがどうした、とも言えるわけだ、と瑠衣は考えた。七十でも、「老人マンション」を見限れるし、四十五年間に及ぶ結婚生活だって見限れるのだ。つまりあたしたちは、生きる気満々なのだ。十代や二十代の小娘たちより、なんなら満々かもしれない。

髪も洗ってすっきりしたところでいったん別荘——いや、これはもう「家」と呼ぶべきだろう、「あたしたちの家」と——に戻り、昼食——鶏そぼろと炒り卵《い》とツルナ炒めの三食ごはん——を食べた。それからあらためて車で出かけた。昨日行ったスーパーマーケットやホームセンターがある、別荘地からいちばん近い町の名前は「月見町《つきみちよう》」だった。月見川を渡る月見橋に差し掛かったところで「町に着いたら、別行動にしない？」と照子が言い出した。それはまさに自分が言おうとしていたことだったから、瑠衣は少しびっくりした。

「いいけど……あんたは町で何するの？　今日も買い物？」

「買い物はしないけど、私は私ですることがあるのよ」

あっそう、とだけ瑠衣は言った。というのはこういう返答をするときの照子は、突っ込んで聞いてもはぐらかすに決まっているからだ。そういうことが、親友になってからの四十年の付き合いを通して、というより、この一両日で俄然《がぜん》わかってきた。それにしても、この一両日でと言うなら、照子という女の意外な、あらたな一面——たとえば、不法侵入という犯罪を、平然と犯してみせるようなところ——を瑠衣は知らされ通しでもあるのだった。あたしもうかうかしてられないわ、と瑠衣は思う。

スーパーの駐車場に車を入れ、そこでふたりは分かれた。

瑠衣は駅のほうへ、照子は反対のほうへ。といっても瑠衣が見たところ、照子は瑠衣が行かないほうの道を選んだ、という感じがしたが。怪しいことこのうえないが、まあいい。今は自分がするべきことをしよう。

ある種のことについての、自分の勘の良さを瑠衣は知っていた。だからその勘に従って歩いていった。「月見」という小さな駅に辿《たど》り着くと、辺りを見回し、定食屋と線路の間の道を入っていった。

思った通りそこには夜の店が集まっていた。「バー　シャム猫」「スナック　れもん」「カリーと酒の店　ジョージ」の三軒だから、集まっていた、というほどのものではないが。どの店も一階が店舗で二階が住まいの似たような造りで、みっちりと寄りかかり合うようにして建っている。午後二時過ぎという時間帯だったから、バーとスナックは閉まっていて、カリーと酒の店はドアにはめ込まれたガラス窓から、中に人がいるのが見えた。そして瑠衣の勘は、この店に入るべしと告げていた。

瑠衣はドアを開けた。店内は奥に向かって細長くて、右側にカウンター、左側にソファとテーブルの席がふたつあった。そして最奥に、半円形のステージがあった。ビンゴ！

「食事？」

カウンターの中にいた男が言った。五十半ばくらいで、あきらかに日焼けサロンでこしらえた肌の色をした、濃い顔立ちの男だった。花柄のぴったりしたシャツを着ているせいで、細身だが腹だけ出ていることがわかる。

「お酒？」

瑠衣はニッコリ笑って首を傾げた。温泉から戻った後、「松」レベルの化粧をしていた。「松、竹、梅」の「松」だ。デニムのエスカルゴ型のマキシスカート、黒地に大きな赤い水玉模様のブラウスを合わせている。

「お酒は、まあ、出せって言うなら出すけど」

男は笑った。ノリがいい男だ。これもビンゴ。一方で、男がすこしアガっていることが瑠衣にはわかる。若い頃のような色香がもうあまり残っていなくても、かわりに得たべつのもので、この種の男をタラすことはまだできる。


月に二回、開店時間の七時から閉店時間の十一時まで、客とのデュエットあり、必要に応じてホステス的サービスありで、休憩三十分、ギャラは一日五千円。

本当は週に一回で月に四回、ギャラは最低八千円ほしいところだったけれど、強く出られる状況でもないので、その条件で合意した。ピアノはないけれどギター伴奏がつく。ギターを弾《ひ》くのはマスター——「梓《あずさ》川《がわ》ジョージ」と書かれた名刺をもらった——だから、伴奏者を雇うお金はかからない。とにかくこれで少ないけれど定期収入を得たわけで、意気揚々とスーパーへ戻りながら電話をかけると、照子はもう彼女の用事をすませて、車の中で待っているとのことだった。

「仕事、決めてきたよ！」

乗り込みながら高らかに宣言すると、照子はニヤッと笑った。なんだか見たことがない笑いかただと瑠衣は思った。

「私もよ」

と照子は言った。

「え？　仕事？　あんたも？　なんの？」

「これ」

照子はバッグの中から、トランプを取り出して見せた。

照子

照子には、意外な特技がいくつかある。

そのひとつがパソコンでの検索スキル――瑠衣が認識しているよりもずっとずっとすごいスキルがある、と照子は思っている――で、もうひとつがトランプ占いだった。トランプ占いについては、これまで瑠衣にあかしたことはなかった。

「通信講座？」

瑠衣は目を丸くする。ふたりは町から戻ってきたところで、テーブルを挟んでコーヒーを飲んでいる。コーヒーには、ふたりの「就職」が決まったお祝いに、特別に生クリームを泡立ててのせた。夕食もちょっと豪華にしよう、と照子は考えている。

「そう。〝あなたの人生を豊かにするトランプ占い講座〟っていうの。一年受講したのよ。看板に偽《いつわ》り無しだったわね。豊かになるわね」

「いや、豊かにって……」

瑠衣は呆れたように言う。

「つまり、その通信講座で覚えたトランプ占いを、商売にするってこと？　月見町の喫茶店で？」

「そう。お店に雇われたわけじゃなくて、場所を貸していただけたの。週三回、午後一時から四時まで。コーヒーを飲みに来て、トランプ占いを試してみたくなるお客さんがいるかもしれないし、トランプ占いがしたくて、お店に入るお客さんもいるかもしれないでしょう？　双方にお得ってわけなの」

「お得、ねえ……」

瑠衣はまだ納得がいかない様子だ。

「私、優秀だったのよ。講師の先生からいつも褒《ほ》められてたの。あなたには才能がありますって」

「才能、ねえ……」

「ほんとだってば」

「そんなに才能があるなら、なんであたしのこと占ってくれなかったの？」

照子はしばし、その答えを考えた。通信講座のことを黙っていたのは、奥様の手慰みねと嘲《あざ》笑《わら》われるに決まっていたし、実際最初はそんなようなものだったからだ。そしてそのあと、「占い師」として自信をつけてからも瑠衣のことだけは占う気にならなかったのは――。

「いちばん大切な人のことは占っちゃいけないの。そういう決まりなのよ」

結局、でまかせを言った。

「それ、誰が決めたの？」

「占いの神様」

瑠衣はまったく納得していない表情だったが、話を切り上げることにしたようだ。ありがたい。

「何曜日に行くかはまだ決めてないの。あとで相談させてね。瑠衣の出勤と重ならない日にするわ、でないと一日に何度も車で往復しなくちゃならないから」

照子は話題を変えた。


その店の名前は「マヤ」と言う。

正式名称は「コーヒーと軽食の店　マヤ」だ。

どうやって見つけたの？　あのあと、瑠衣から聞かれた。瑠衣が歌うお店を見つけたのと同じことよ。照子はそう答えた。それで瑠衣は例によって渋々納得することにしたようだが、彼女にしてみればこの件はいまだ謎《なぞ》のかたまりというところかもしれない。

もちろん、見つけるべくして見つけたのだ。この町にその店があることはわかっていた。というか、その店がこの町にあるから、この町のそばの別荘地を選んだ、とも言える。

「マヤ」の由来は、「山」だそうだ。これは、はじめて訪れた日に店主の源太郎《げんたろう》さんとパートナーの依子《よりこ》さんから聞いたことだ。ふたりがこの地に店を出すことを決めたのは、山を背景にした田園の美しさに魅了されたからだった。でも「山」という店名だと登山用具の店みたいだから、ひっくり返して「マヤ」。照子はこのエピソードを大いに気に入っていた。店主カップルの人柄みたいなものがあらわれている、と思っていた。

瑠衣のステージは月二回で土曜日だというので、照子は月曜日と水曜日と金曜日に「マヤ」へ行くことにした。今日は金曜日で、「出勤」三日目だった。「マヤ」は駅前広場に沿った通りから一本入った道にある。古本屋、おにぎりカフェ、フォーの店――古家をこつこつ自分たちで改装したような小さな店が並んでいる一画だ。若い人たちのお店が都会から移ってきて、この辺はちょっと面白い通りになってるんですよ、と、若い人の中でもとりわけ若いほうであろう依子さんが教えてくれた。照子の調査によれば、依子さんは二十五歳で源太郎さんは二十七歳のはずだ。

「マヤ」の看板の下に、前回はなかった小さなプレートが吊《つ》り下げられていた。スペード型にカットしたベニヤ板を黒く塗って、銀色の縁取りが施されたピンクの文字で「音無《おとなし》照子のトランプ占い　月　水　金」と書いてある。「マヤ」の看板と同じく、源太郎さんの手作りだろう。

照子は思わず微笑《ほほえ》んで、そのプレートをしげしげと見た。音無照子。それは照子の結婚前の姓名だ。そう名乗ったからそう書いてくれたに過ぎないのに、猛烈に幸せな気持ちになった――まるで、何十年も生き別れになっていた子供に再会したかのように。照子は子供を持ったことがないから、その感慨はイメージであるわけだが、素敵なイメージだった。そう、本当に素敵なイメージだ。

「ごきげんよう。看板、ありがとう！　すっごく素敵！」

照子の声に、カウンターの中にいた依子さんが振り返る。お客はいなかった。そんなに繁盛しているわけではない——というより、繁盛するほどの人出がこの町にはない——ということが、前回の出勤日のときにはすでにわかっていたが、気にしないことに決めていた。依子さんにしても源太郎さんにしてもそれほど気にしているふうはないし、瑠衣には申し訳ないけれど、私が「マヤ」に通うのは実際のところお金のためではないのだし——と照子は思う。

「源ちゃん、照子さんが、あの看板、すっごく素敵だって」

依子さんが勝手口を開けて呼びかけ、すると家の裏で何かしていたらしい源太郎さんが中に入ってきて、

「聞こえてたよーん」

とおどけた。ひとしきり、看板作りの話になる。スペード型に切り取るのに苦労したとか、じつはスペードの茎（？）の部分が割れてしまって、接着剤でくっつけてあるとか。源太郎さんが何か言うたびに依子さんがケラケラ笑い、依子さんが何か言うたびに源太郎さんは目をグルグルさせたりうんうんうんと大きな身振りで頷いたりする。可愛らしくて、微笑ましいふたりだ。ここへ来ると照子の頰は緩みっぱなしになる。

店は狭くて、カウンターが五席、テーブル席がふた組しかない。照子はカウンターの端の席に腰掛けた。依子さんがコーヒーを淹《い》れて出してくれる。お金を受け取ろうとしないので困っているのだが、辞退するのはもうあきらめた。それに、おいしいコーヒーであることは間違いないし(照子はコーヒーについては一家言ある)。コーヒー代の代わりに接客とか家事とか、ふたりの役に立つことをしようと思っているが、今のところその機会も与えられていない。機会はそのうちできるだろう——目的が達せられるまで、ここにはいるつもりなのだから。

依子さんはコーヒーを自分たちのぶんも淹れたので、彼女はこちら側に出てきてカウンターの椅子に座り、源太郎さんはカウンター内の椅子に座って、飲みはじめた。呑気《のんき》な人たちではある。

「そういえば照子さんのお友だちが〝ジョージ〟で歌うのって、明日からじゃないですか」

源太郎さんが言い、そうなのよ! と照子は勢い込んだ。

「すっごく楽しみ。毎回っていうわけにはいかないけど、明日は私、観《み》に行こうと思ってるの」

「東京でもよく観に行ってたんですか?」

依子さんが聞いた。照子と瑠衣は親友で、ともに東京で暮らしていたが、夫亡き後こちらにある照子の別荘に移住してきた、というのが照子がふたりに話した自分たちのプロフィールだった。気が咎めるほどの嘘《うそ》というわけでもない。

「ええ」

照子は頷いたが、これも嘘だったし、実のところかなり気が咎める嘘だった。気が咎めるのは、ふたりにではなく瑠衣に対してだったが。瑠衣のステージは都心の盛《さか》り場にあるクラブやバーで、瑠衣が歌いはじめるのは夜の遅い時間だった。寿朗の妻だったときの照子にはそういう外出がむずかしかったのだ。照子にとって瑠衣とのひとときは何よりも大切なものだったから、夫を怒らせてまで夜の盛り場へ出かけて、昼間や夜の早い時間に瑠衣と会うことまで難じられたくなかった。

——というわけで、照子にとっては、瑠衣がこの町で歌の仕事を見つけてくれたのは僥倖《ぎようこう》のひとつなのだった。今はもう誰はばかることなくステージを観に行ける。楽しみで仕方がなかった。

「そりゃあもう、素敵なのよ」

とまた嘘を吐《つ》いたが、今度は気が咎めなかった。そりゃあもう素敵に決まっているからだ。

「僕たちも行こうか?」

「うん。照子さんの親友、見てみたい」

「行きましょうよ、行きましょうよ、みんなで!」

照子は有頂天になって、そう言った。

その日はまったく有頂大な日になった。

というのは照子が「マヤ」に来て三十分あまり経《た》った頃、カランとドアベルが鳴り青年がひとり入ってきて、カウンターの中の依子さんをちらりと見、それから照子をちらりと見て、「トランプ占い、やってもらえますか」と言ったからだ。

「もちろん」

と照子と依子さんの声が揃った。同時に、勝手口のドアが開き、源太郎さんが顔を出して頷いた。まだ店内にほかの客はいなかったので、照子はテーブル席に移動し、青年はその向かいに座った。

「コーヒー。あとチーズケーキも。ふたりぶんお願いします」

青年は依子さんに言い、「あっ、コーヒーとチーズケーキでいいですか」と慌てた様子で照子に聞いた。

「お気遣いなく。私は結構です。トランプ占いのお代だけで十分」

照子も慌ててそう言った。その「お代」というのは一回千円である。

「でもこのチーズケーキ、旨《うま》いですよ」

「存じ上げております。バスクふうなんですよね。最初に来た日にいただいて、作りかたも教わりました。今の家にはオーブンがないから、いつどこで作れるかわからないんだけど……」

そこで照子は自分が喋りすぎていることに気がついて、あらためて慌てて、「さ、何を占いましょうか」と居住まいを正した。青年は再び、依子と照子とをちらちらと見た。

「仕事のことなんですけど」

「お仕事、何なさっているの？」

「〝かぴばら〟です、二軒隣の、フォーを出す店です。あ、今日はちょっと休んでるんですけど」

「ああ！　あのお店の方なのね。どうぞよろしくお願いしますね。そのうちうかがおうと思ってたんですよ」

現在の経済からすると、気軽に外食できる身分ではないのだが、照子は儀礼的にそう言った。そして言ってしまったからには、経済が逼迫《ひっぱく》しないうちに瑠衣と一緒に一度は食べに行かなくちゃ、と考えたが、そういえば「マヤ」に来るようになってから、「かぴばら」の前はいつも通っているのに、なんとなく見過ごしていたというか、食べてみたい、と思ったことが一度もなかったと気がついた。それはつまり、何の匂いも漂ってこなかったせいだ。

「じゃあ、これ、カットしてくださいな」

照子はトランプの束を青年に差し出した。同時に、彼を観察する。三十代の半ばくらい。天然パーマで小柄（髪が多いから頭が重そう）。やさしげ。気が弱そう。礼儀正しい。ちょっと頑固そうなところもある。ツイードのジャケットは質が良さそうだけれどずいぶん古びている。古着か――もしかしてお父さんのお下がりとか？　フォーを作るときもこういう格好《かっこう》なのかしら、それともトランプ占いのために、ちょっと改まった格好をしてきたというわけかしら。左手の薬指には指輪。既婚ね。奥さんは今、おうちでお留守番なのかしら。トランプ占いのことは、奥さんも知ってるのかしら、それとも奥さんには内緒でこの人はここに来たのかしら。

照子はトランプを並べていった。このトランプは通信講座を修了した記念に、青山《あおやま》のアンティーク・ショップで、けっこうなお金を払って手に入れたものだった。裏面には青地に黒と金で繊細なアラベスク模様が描かれ、キングやクイーンやジャック、ジョーカーの佇《たたず》まいもそれぞれの衣装の柄や表情まで独特で味があった。

「カードにいちばん聞きたいことは何？」

「転職するべきかどうかです」

「あら。お店をやめようと思ってるんですか？」

「はい。全然客が入らないので……」

「えーっ、そんなことないじゃん、うちより入ってるくらいじゃない」

依子さんが口を挟んだ。店が狭いから仕方がないとはいえ、相談の内容が聞こえているのを隠そうとしないのはまずいわね、あとでお願いしておかなくちゃ、と照子は思う。

青年は力なく笑う。照子はカードをめくった。ハートの10。それぞれのカードには何通りかの読みかたがあるのだが、この場合は……。

「こっちでお店をはじめたのはいつから？」

「二年と少し前です。その前は、高円寺《こうえんじ》にいて……」

照子が繰り出す質問に答えて、青年は来《こ》し方《かた》を話しはじめた。結婚を機にこの地に来て、自分たちの商売をはじめたということがわかった。東京時代の話には頻繁に出てくる彼の妻のことが、こちらへ来てからはまったく語られないことが照子は気になった。カードをめくる。スペードの2。

「本当に知りたいことは、ほかにあるんじゃないかしら？」

照子は言った。青年はせわしなく瞬《まばた》きしてから、あらためて照子を見た。


占いとは、想像である。

照子が受講したトランプ占いの通信講座の、テキストの一ページ目にそう書いてあった。講師の名前はバルベルデ未知男《みちお》といい、テキストも彼が書いたものだった。

最初にテキストを開いたときには、照子はその言葉をさして気に留めなかった。けれども講座が進み面白くなってきて、毎月の課題――提示されたカードの配列を読んで占い者としての回答を考える――を提出しその講評を受けるうちに、「占いとは、想像である」とはまさに至言であると思うようになった。

講師からいつも褒められていたというのは本当だ。そして講師に言われるより先に、自分にトランプ占いの才能があることに照子は気がついていた。占いは、想像だから。照子には想像力があった。それは結婚生活の中で獲得したものだった。

想像することは照子の趣味みたいなものだった。スーパーマーケットのレジで前に並んでいる誰か。電車や車の車窓からふと目にした誰か。もしも私が彼女だったら、彼だったら、どんな人生を味わえただろう？　照子はいつでも想像していた――現実の人生が、あまりにも不本意だったから。

そして照子がその不本意をあかす相手は、瑠衣だけだった。ほかの人たちには、とくに不満はないようにふるまった。ほかの人に話したところで、どうにもならないことはわかっていたし、あかした不満が噂《うわさ》になって寿朗の耳に入ったら、さらに不本意なことになりそうだったから。自分を見栄っ張りだとは思っていないが、幸福そうにふるまっていると、そのときだけは不幸ではない気分になれる、ということはあったかもしれない――そのあとの揺り戻しが最悪だったが。というわけで照子は、他人の「ふるまい」――「嘘」とは言いたくない――にも敏感になった。自分自身のふるまいと照らし合わせて、ああこの人も、絶対にあかさないことを持っている、だけどそんなものはないようにふるまっている、と感知できるようになったのだ。

講座修了後、照子は何人かの知り合いにトランプ占いを行って、「すごく当たる」という評判を得たが、照子にとって実際のところトランプの数字やマークはひとつの標識みたいなものに過ぎなかった。照子が読んでいたのはカードではなくて自ら想像した物語だったし、カードのお告げは、その人のふるまいの裏側に向けた照子からのささやかなアドバイスだった。

「照子さん、すごい」

「かぴばら」店主の青年――朝倉《あさくら》くん――が占いを終えて立ち去ると、依子さんが感嘆の声を上げた。途中から店内に入ってきていた源太郎さん――たぶん外で聞き耳を立てていて、がまんできなかったのだろう――も、うんうんうんと頷いた。

「マミちゃんが全然帰ってこないから、心配だったの。やっぱり揉《も》めてたのね。照子さんは何にも知らないのに、それを当てちゃうんだもんねー」

マミちゃんというのは朝倉くんの奥さんの名前だ。用があって東京の実家に帰っているという話を依子さんたちが朝倉くんから聞いたのはひと月以上前のことだという。結局、マミちゃんはまだまだ実家にいるらしい。所用があったわけではなく怒ってこちらの家を出て行った。そしてまだ怒っている。朝倉くんに怒っているというよりも、この土地の因習みたいなものにうんざりしている。――カードをめくりながら、そうした事情を照子は聞き出していた。

「うまくいくといいんだけど」

店をやめるのではなく、ふたりで力を合わせて因習と戦う方向で努力すべしと、カードは――というのはつまり、照子は――朝倉くんに告げていた。

「うまくいくように、僕たちも協力します」

「うん、そうだよね、そうしよう」

依子さんと源太郎さんはひとしきり、因習については自分たちも大変に苦労しているのだという話をし、それからあらためて源太郎さんが、

「僕らにも言わなかったことを言わせるんだからなあ、照子さんは本当にすごい」

と言い、「いえいえいえ」と照子は照れながら、さっき朝倉くんがくれた占いの報酬千円を、思わずブンブン振ってしまった。

「瑠衣もすごいのよ。もっとすごいの」

そう言ってから、あまり謙遜《けんそん》になっていないことに気がついた。


スタートは順風満帆だ。

でも、もちろん、完璧に順風満帆というわけではなくて、問題もある。

わかってるわ、世の中はそんなに甘いものじゃないわよねと、照子は思う——たとえば土曜日の朝、毛布にくるまってコーヒーを飲みながら。向かいの椅子で、瑠衣もやっぱり毛布にくるまっている。椅子の上で膝を抱え、頭からすっぽり毛布で覆われているので、擬人化されたミノムシみたいに見える。

寒かった。

まだ九月に入ったばかりなのに、朝晩がなかなか寒い。寒冷前線が通過しているらしく——

カーラジオで天気予報を聞いた——東京では残暑がやわらいだことが喜ばれているようだが、ふたりが暮らす山の中は、そもそも残暑など感じられなかったから、気温が下がれば当然「涼しい」のではなく「寒い」のだった。

「コーヒーがおいしいわね」

照子は前向きな感想を述べた。実際、今いちばんありがたいのは温かい飲食物である。

「標高何メートルだっけ？　ここ」

全然前向きではない声で瑠衣が聞いた。

「千五百ちょっと」

照子は答えた。

「それは別荘地の入口でしょ？　ここはさらに上がるから千七百はあるわねって、あんた自慢げに言ってなかった？」

「それは夏の話」

「へー？　標高って夏と冬で変わるわけ？」

「違うわよ、自慢げに言ってたのは夏だったってこと。涼しかったでしょう？　標高が高いから」

「で、今は寒いね、標高が高いから」

照子は渋々頷いた。標高のことはなめていた。寒いだろうとは思っていたが、九月にこうまで寒いとは思わなかった。あんなにいろいろ、周到に考えたのに。ガスや電気が使えなくても、夏は涼しいからエアコンの必要はないし、お風呂が沸かせなくても近くに温泉があるから大丈夫、というところまでは考えたのに。

でも、もちろん対処法はある。あるはずだ。これから私が生きていくのは、対処法がある世界なんだから、と照子は思った。

「あれって、動くの?」

照子の視線を追った瑠衣が、そう聞いた。ふたりが見ているのはリビングの中央に据えられた薪《まき》ストーブだった。

「動くっていうか、薪を燃やせばあったかくなるわ。たぶん、ものすごおく」

照子は答えた。

「なーんだ、そうなの? じゃあ薪を拾ってくればいいって話?」

「そう簡単でもないんだけど」

薪ストーブについては照子も知識がなくて、昨夜、スマートフォンで検索していた(ちなみにスマートフォンの充電は車中で行っている)。そしてやっぱり、自分が薪ストーブというものをなめていた、と知ったのだった。

「えんどうかさい」

「え? 誰? それ。薪ストーブを発明した人?」

「煙道火災。煙突の中が火事になることよ。薪ストーブを燃やすと煙突の中にタールが溜まるから、一年に一度は煙突掃除をしなくちゃならないんですって。そうしないとタールに火がついちゃうの。それから薪は、木を切ってから一年以上乾燥させたものじゃないと、くすぶってばかりで火がつかないんですって。すぐ使える薪はホームセンターなんかで売ってるけど、すごく高いの。それから……」

昨夜仕入れた知識を、照子は瑠衣に披露した。それはつまり、薪ストーブを稼働させるのは金銭面と作業面でふたりだけでは現状なかなかむずかしいものがあり、だから、それなりの対処法を見つけなければならない、ということだった。

「まだー？」

瑠衣が二階まで上がってきた。照子はワイドパンツとブラウスを脱ぎ捨てて、ワンピースを頭から被《かぶ》ったところだった。

「あともうちょっと。鏡がないからよくわからないのよ。このワンピース、へんじゃない？」

「へんじゃない、へんじゃない。それでオーケー。そろそろ出ないと初日から遅刻しちゃう」

そう言う瑠衣は、黒のロングワンピースという姿だった。胸元が大胆に開いていて、ウエスト部分に銀糸で大きなバラが刺繍《ししゅう》されている。素敵ねえ。照子は早々にうっとりした。瑠衣は自分に似合う服が、ちゃんとわかっている。ひきかえ私は、瑠衣のステージをはじめて観に行くというのに、何を着ていけばいいのかもわからない。

「大丈夫だって。素敵だよ。どっから見ても幸せな奥様って感じ」

そういうのがいやなのよ。幸せな奥様になんかもう、見られたくないのよ。照子は心の中でぶつぶつ言ったが、たしかに瑠衣を遅刻させるわけにはいかないので、しぶしぶワンピースのファスナーを上げて、ロングカーディガンを羽織った。このワンピースを着ていくならカーディガンじゃなくてトレンチコートでも羽織りたいところだった――それなら幸せな奥様ではなく、ちょっと悪そうな老女に見えるかもしれない。その思いつきを存外照子は気に入った。そうね、それを目指しましょう。ちょっと悪そうな老女。実際、ちょっと悪いことをしているわけだし。

車を駅前駐車場――二時間までは無料で停められる、太っ腹な町営――に停め、「カリーと酒の店　ジョージ」には、午後六時五十分に入ることができた。午後七時開店なのに、店内にはもう数人の客がいた。テーブル席のひとつに、夫婦らしき五十がらみの男女がふた組の四人グループ。彼らより少し年配の男性がカウンターにふたり。全員が好奇の目で照子と瑠衣を見た。

「おはようございまーす」

瑠衣が朗《ほが》らかに挨拶した。ショービジネスの世界では、夕方だろうが夜だろうが「おはようございます」と挨拶する習わしなのだということくらい照子も知っている。それでも照子はびっくりした――瑠衣のその声が、今まで聞いたことがないものだったから。たぶんこれは瑠衣の「仕事用」の声なのだろう。すごい。瞬時にあんなふうに変われるなんて。ショービジネス用の声、歌手の声、プロフェッショナルの声だ。そう、瑠衣はプロフェッショナルなんだわ、と照子はあらためて感心した。

依子さんと源太郎さんとはここで会う約束になっていたから、照子は店主の男性――「ジョージ」と瑠衣は呼んでいた。早々に呼び捨てで――にそう言って、四人がけのテーブル席に着いた。メニューを熟読した末に、ノンアルコールビールを注文し――痛恨の盲点だったのだが、車で瑠衣を送迎する役目を負っている以上、照子は原則この店ではアルコールを摂取できないわけだった――、あまり辺りをキョロキョロしないように気をつけながら待っていると、依子さんと源太郎さんが入ってきた。こっち、こっち。照子は必要以上に大きな声を出して手を振った。早く瑠衣にふたりを会わせたかったのだ。瑠衣が飲みものを持ってきてくれたから、紹介することができた。

「うちの照子がお世話になっております」

瑠衣がそう言ったから、依子さんも源太郎さんもケラケラ笑った。カッコいいですねー。うん、カッコいい。瑠衣の第一印象として、ふたりがそれぞれそう言ったので、照子は大いに嬉しくなった。その時点でかなり興奮していたのだが、ステージがはじまると、その興奮のメーターはいきなりふりきれるほどに跳ね上がることになった。

店内の照明が落とされ、ステージの上だけがほんのりあかるくなった。ジョージ氏がギターを弾きはじめた。最初の曲は「枯葉」だった。フランス語で、瑠衣はそれを歌った。

照子は心臓が動くのを感じた。

いや、もちろん今までだって、それは動いていたのだが、今はじめて動くことに気がついたような感じだった。血が体じゅうを巡って、頰を熱くさせ頭をジンジン痺《しび》れさせ、心臓を旺盛に動かしていた。瑠衣の歌声によって、あるいは歌っている瑠衣によって、血が全部入れ替えられたようにも感じた。もしそれが、味を見ることができるような液体であったなら、入れ替えられた血は、これまでの血よりずっとおいしくなっているだろう、と照子は思った。

これまで瑠衣と一緒にいるときにはいつも、いいものが体の中に入ってくるような気がしたものだが、今日はとりわけだった。瑠衣は自由な女だったが、歌っている瑠衣はより自由だった。瑠衣だわ、と照子は思った。瑠衣だらけだわ。瑠衣の歌は瑠衣百人ぶんだわ。一万人ぶんかもしれない。

「こんばんは。瑠衣です。今夜から月に二回、ここで歌います。どうぞご贔屓《ひいき》に」

「枯葉」が終わると瑠衣はプロフェッショナルな声で自己紹介し、「サン・トワ・マミー」を歌いはじめた。私が知ってる歌ばかり選んでくれたのね。照子はそう思った（あとから、「ジョージが弾ける曲を選んだ」という事実を知ることになるのだが）。夢みたいな夜になった。

瑠衣のステージも、お客が歌ったり瑠衣とデュエットしたりするカラオケタイム——照子自身は歌うのは断固固辞したが——も、ジョージ氏が気を利かせて作ってくれるノンアルコールのカクテルを次々に試してみるのも、それでなんだか酔っ払ったような気分になりながら、依子さんや源太郎さんとお喋りするのも、全部はじめての経験で、全部夢みたいに楽しかった。

二回目のステージがはじまる前に、瑠衣が照子たちのテーブルに来た。照子のほうに身を屈《かが》めて囁く。

「煙突掃除、ジョージがやってくれるって。薪も手配してくれるって」

歌ったり喋ったり笑ったり飲んだり、この店に来てから瑠衣は休みなく動き回っているのに、いったいいつの間に、そんな相談をしたのだろう。照子はびっくりし、瑠衣はすごい、とあらためて感心した。

瑠衣

ジョージが軽トラックでやってきた。

不言実行。頼もしい男《やつ》。ただちょっと朝が早すぎるけど、と瑠衣は思う。七時から八時の間に行くよと言っていたが、今はまだ午前七時少し前だ。瑠衣は照子を呼びに二階に上がった。今朝は瑠衣のほうが早起きしている——何しろはりきっているのだ。

照子は寝巻き——明るいグレイの、Tシャツを長くしたようなワンピース型の洒落《しやれ》たもの。ちなみに瑠衣は、寝るとき専用の衣類など持ったことがなく、今は長袖Tシャツとショーツという姿で寝ている——を脱いで、服に着替えているところだった。照子が身につけるものを、瑠衣はじっと観察した。

「なあに？」

とうとう照子が声を上げた。

「スカートがいいんじゃない？　こないだ着てた、細かいチェックのワンピースとか、いいんじゃない？」

瑠衣は言った。ワイドデニムに照子のものとしては古ぼけたTシャツを着て、パーカを羽織ろうとしていた照子は眉《まゆ》をひそめる。

「だってこれから、薪を運んだりしなきゃならないでしょう?」

「そんなの全部ジョージに任せとけばいいのよ。あんたはコーヒーでも淹れて、ニコニコしててくれればいいから」

「何それ」

しまった。照子をムッとさせてしまった。瑠衣は瞬時に反省した。ムッとするのは当然だ。

「コーヒーでも淹れて、ニコニコしててくれれば」が妻の存在意義だと思っている男を捨てて、照子はここにいるのだから。

それで、瑠衣は照子の服装のことはあきらめて——瑠衣自身は、ジャージージー素材のパンツに照子のよりずっと古ぼけたTシャツ、古ぼけたカーディガンという気が抜けた格好をしている——、ジョージを出迎えるべく階下へ戻った。照子もすぐについてくる。ジョージがもう到着していることに慌てたらしく、顔も洗わないまま、瑠衣と一緒に外へ出てきた。

「ヤッホー!」

と瑠衣が手を振ると、

「ヤッホホー!」

とジョージは飛び上がって手を振り返した。ノリがいい男だ。

「おはようございます。朝早くからありがとうございます」

照子の挨拶はノリがいいとは言えないが、挨拶として悪くはない。この前、照子がステージを観にきたとき、ジョージは瑠衣に「照子さんって上品な人だねえ」とうっとりしたように囁いていたからだ。「上品な人だねえ」と言われても照子はあまり嬉しくないかもしれないが、肝心なのは「うっとりしたように」というところだ。実際のところ、あの瞬間に、今、瑠衣の胸にある「計画」は発生したのだった。

軽トラックの荷台には薪がどっさり積まれ、助手席からは脚立《きゃたつ》のほか、煙突掃除の道具が取り出された。ジョージは「カリーと酒の店」を経営する傍ら、バイト的に近隣の別荘地で薪ストーブの煙突掃除を請け負っているらしい。まず家の中から煙突の形を確認したいと言われ、瑠衣は照子を窺った。照子が頷く。中に入れても大丈夫——ふたりがこの家に不法侵入していることはバレない——という意味だろう。瑠衣、ジョージ、照子という順番で家に入った。

「寒っ」

というのがジョージの第一声だった。

「外より寒くない？　この家」

はっはっはと笑ったが、あながち冗談でもないのだろう。薪ストーブが使えないならふつうは電気ストーブなり灯油ストーブなりを稼働させているはずだが、そのどちらも使っていないのだから。

「以前は夏しか来てなかったから、うっかりしてて」

すかさず照子がそう言った。なるほどー。ジョージはあっさり納得した。辺りを見回す。

「けっこう長い間、来てなかったの？」

「ええ、そうなんですの。長く生きてると、いろんなことがありますものね」

再び照子が、もっともらしく答えた。ですよねー。ジョージはしみじみと頷いた。

これなら屋根に上らなくても下から掃除できるというので、あとはジョージに任せて、瑠衣は照子とともに家を出た。煙突掃除の間に、軽トラックの荷台の薪を軒下に運んでおくつもりだ。ふたりが薪に手をかけるのと同時に、「あーっ、待って待って」とジョージが出てきた。

「これ使って。素手で持つとトゲが刺さったりするから」

今日のジョージはフード付きパーカに大きなポケットがたくさんついた作業用ズボンという格好だったが、そのポケットをあちこち探って、彼は軍手をふた組取り出した。

わざわざ用意してくれていたのか、この辺りの人はみんなポケットに複数の軍手を常備しているのかはわからない。でもジョージが最初に軍手を手渡したのは瑠衣ではなくて照子だった。いいぞ、いいぞと瑠衣は内心ウキウキした。

「あんまり一生懸命やんなくていいからね。こっちが終わったら、俺がやるから」

ジョージはふたりに声をかけると、家の中に戻っていった。いい男じゃん。いい男だよね。うん、いい男だ。瑠衣は今一度自分自身に確認する。

「いいやつだよね、ジョージって」

もちろん照子にも確認——というか強調——した。

「何かお礼をしなくちゃね」

というのが照子の答えだった。もう少し違った反応がほしいところだけど、とりあえずはよしとしよう、と瑠衣は思った。


瑠衣と照子の奮闘の結果、ジョージが煙突掃除を終えたときには軽トラックの荷台の薪はすべて軒下に積み上がっていた。ふたりが家の中に入ると、ジョージは「試運転」だと言ってストーブに火を入れてくれた。これはふたりにはありがたかった——薪の焚《た》きつけかたを実地で学ぶことができたから（もちろん、そんなことはあたしたちだってできるわ、という顔で眺めていたが）。

瑠衣にとって残念だったのは、炎が太い薪に燃え移ったところで、ジョージが帰ってしまったことだった。午前中にあと一件、煙突掃除の予約が入っているらしい。三人でコーヒーを飲み（照子が淹れるコーヒーのおいしさでジョージを感動させ）、パンケーキを食べる（照子が焼くパンケーキでとどめを刺す）、という予定だったのに。まあ、仕方がない。焦りは禁物だ。ジョージはともかく、照子という女はこう見えてなかなか一筋縄ではいかなそうだから。結局、ふたりで向かい合ってコーヒー（おいしい）と、チーズトースト（パンケーキではなかったが、これはこれでとてもおいしい）の朝食をとりながら、瑠衣は考えを巡らせた。

薪ストーブの中では薪がゆらゆらと燃え、九月の終わりの寒冷地の家の中は、十分に暖まってきた。瑠衣があくびをすると、照子も続いた。ふたりはどちらからともなく二階へ上がっていって、どちらからともなく服のままベッドに横たわり、五分十分のつもりが、いつの間にか眠り込んでいた。じつのところ——ふたりとも口には出さなかったが——薪運びでなかなか疲れてしまったのだった。起き出したのは今度は照子のほうが先だった。瑠衣が下に降りていくと、昼食をこしらえるいい匂いがもう漂っていた。

「寝ちゃったね」

「寝ちゃったわねえ」

と言い交わす。照子が湯気を立てる鍋を運んできた。豚汁のようだ。ごはんは炊きたて。おかずは甘い卵焼きと納豆、というのが今日の昼食メニューだった。

「ちょっとがっかりしちゃった」

卵焼きに添えた大根おろしに醤油をたらしながら、憂鬱《ゆううつ》そうに照子がそう言ったので、瑠衣はぎょっとして「え？　なにが？」と聞いた。ジョージのことだと思ったのだ。

「あれっぽっちの薪を運んだだけで、こんなに疲れちゃうなんて。自信なくしちゃった」

ああそのことか。瑠衣はほっとし、しかし同時に、自分もやはり今少々がっかりしていることに気づきながら、「いや疲れたっていうか、朝早く起きたせいでしょ」と言った。

「それに、あれっぽっちの薪ってことないでしょ。結構な量あったじゃない。ジョージが自家用に貯蔵してるのを分けてくれたんだよ」

「そうよね、ジョージさんに申し訳ないわよね。撤回するわ。私が言いたかったのは、薪の量じゃなくて、自分の体力の量。残量って言ったほうがいいかしら」

「残量とか言うのやめてよ」

瑠衣は豚汁を啜《すす》り、勢いよく啜りすぎたせいでむせた。

「都会暮らしでなまってるのよ、あたしたち。ここにいる間にあらたに体力がつくわよ。まだまだこれから、なんだってできるわよ」

「そう……そうよね」

照子はニッコリ笑った。少し気をとりなおしたようだ。よかった。そうこなくっちゃ。

「薪運びだって今にトラック何台ぶんも運べるようになるし、煙突掃除だってできるようになるかもしれないし、男だって」

「うん、やっぱりさつま芋が合うわよねえ」

瑠衣の最後のひと言に、照子の豚汁についての意見が被ってしまった。

今日は水曜日で、照子の「出勤」の日だった。瑠衣は一緒に行くことにした。ジョージについて照子にもうひと押ししたいところだったし、ジョージ側のリサーチもしたかったし、照子のトランプ占いも見てみたかったから。もっとも占いについては、まったく客が来ない日のほうが多いらしく、ほとんど期待していなかったが。

「はじめてお許しが出たね。どういう心境？」

これまで数回、「マヤ」に同行したいと瑠衣は照子に申し出ていたのだが、いずれも「もうちょっと私が慣れてからにしてくれる？」と照子から断られていたのだった。

「瑠衣がしつこいからよ。あなたがそんなにあのお店に行きたいのなら、しょうがないかなって。それに、もう慣れてきたし」

山道を、それこそもうすっかり慣れた調子で運転しながら、照子は答えた。なんだか妙に嬉しそうだ。これはひょっとして「ジョージ効果」だろうか。

「わあ、瑠衣さん」

「瑠衣さんだあ」

照子と一緒に「マヤ」に入っていくと、若いふたりが無邪気な歓声を上げて迎えてくれた。源ちゃんと依ちゃんといったっけ。会うのは先週、照子と一緒にステージを観に来てくれて以来だ。

「ヤッホー」

と瑠衣は満面の笑みで応えた。

客はひと組もいなかった。照子が定位置らしいカウンターの端の席に座り、瑠衣は少し離れたテーブルを選んだ。もしも占いを所望する人が入ってきたら、照子とは無関係な客のふりをするつもりだ。

「何、頼もうかな」

瑠衣が呟くと、

「依子さんが淹れるコーヒーは、すっごくおいしいわよ。絶品よ」

と照子が言った。いやに強調するわねと思いながら、瑠衣はコーヒーを頼んだ。ほどなくして、瑠衣と照子、それに源ちゃんと依ちゃん、それぞれの前にコーヒーが運ばれた。なるほど、呑気な店だわと瑠衣は思う。先行きが少々不安になるにしても、とにかく照子にはぴったりだ。

コーヒーはたしかに、照子が淹れるコーヒーに匹敵するおいしさだった。白いシンプルなカップ&ソーサーも趣味がいい、と照子は思っていることだろう（瑠衣自身は、器というものに関してとくにこだわるところはない）。照子に娘がいたらこんなふうになるのかもしれない。瑠衣はそう考えながら、あらためて依ちゃんを眺めた。娘と言うには若すぎるか。孫でもありえる年頃だ。瑠衣の視線に気づいた依ちゃんが笑いながら首を傾げた。

「依ちゃんと源ちゃんはこっちの人？」

瑠衣が聞くと、依ちゃんから東京ですという答えが返ってくる。

「東京生まれの東京育ちです。源ちゃんは九州出身。私もルーツを辿れば九州みたいなんですけど」

「九州のどこ？」

「源ちゃんは唐津《からつ》。私は佐世保《させぼ》のほうらしいです」

「……あらー」

瑠衣が上げた声は不安定に揺れた。佐世保という地名を聞いて動揺したせいだ。かつて暮らしていたことがあると、打ち明けるべきか否か。瑠衣は言わないことにした。照子のほうをちらりと窺う。照子は瑠衣の過去についてあらかた知っているのだが、知らん顔を決め込んでいた――自分の爪《つめ》が気になっているそぶりが、かなりわざとらしくはあったけれど。

「ふたりとも、じゃあ、ご両親とかは九州なんだ？」

話の接《つ》ぎ穂《ほ》に瑠衣はそう聞いた。源ちゃんの両親は唐津在住で、依ちゃんのほうは「中学生のときに両親が離婚して、母親と一緒に暮らしていたけど、彼女はその後イタリア人と結婚して、今はシチリアにいる」とのことだった。

「瑠衣さんのご家族は？」

源ちゃんが返礼のつもりのようにそう聞いた。聞いて悪いことだとは露《つゆ》ほども思っていないのだろう。もちろん、聞かれても大丈夫だ。この種の質問をされることはこれまでどこでも、何度でもあって、答えをちゃんと用意してあるから。

「んー、どこかにいると思うんだけどね」

「えっ」

源ちゃんと依ちゃんは顔を見合わせ、

「あたしの未来のハズバンド」

と瑠衣は続けた。

「絶対どこかにいるはずなんだけど、まだ見つからないのよね」

ほほほほほ。照子が高らかに笑った。あははは。それで若いふたりも、ここは笑うところだとわかってくれたようだった。


ハズバンド問題。

未来のそれがどこかにいるのかどうかは実際のところ覚束《おぼつか》ないが、過去にそれはふたり存在したのだった。

ふたりとも、もう死んでしまった。最初のハズバンドだった男は三年前に、ふたり目のハズバンド——籍を入れていなかったから、正確にはハズバンドではなかったけれど——は、四十年ほど前に。ふたり目が死んだのは事故によってで、彼はそのときまだ三十五歳だった。でも、ひとり目の死因は、新聞の訃報《ふほう》欄の記事によれば肺癌《はいがん》で、彼は八十二までは生きたのだから、あたしが災いの女ってことはないよね、と瑠衣は考えることにしている。

ひとり目と結婚したのは二十二歳のときだった。彼は十五歳年上だった。いい人だった——

瑠衣を「産まなきゃよかった」と言い放つ母親やそれに同調する父親や、瑠衣に向かって放つ言葉の最多なものが「バカ」であるような兄と姉よりも、ずっと。当時の瑠衣にとっては、はじめて褒めてくれたのも、はじめて守ってくれたのも、はじめて味方になってくれたのも彼だった。

彼は実業家の二代目のボンボンで、東京にいるといつまで経ってもボンボンだから、地方に行って一旗あげようと考えたのだった。それで、瑠衣との結婚を機に向かった先が、佐世保だった。港町で彼はジャズバーを経営した。そのバーで、瑠衣はふたり目の男に出会ってしまった。ふたり目はジャズベーシストで、五歳年上で、ひとり目ほどにはいい人ではなかったが魅力的だった。瑠衣は彼に恋をした。というか、恋というのはこういうものだとそのとき思った。今まで、ひとり目に抱いていた気持ちは、恋ではなかったのだと。瑠衣は恋に身を投じた。それからたった四年で、彼が車に轢《ひ》かれて死んでしまうなんて夢にも思いもせずに。そしてすべてを捨ててしまった。すべてを。

瑠衣はコーヒーを飲み終わると、次第に落ち着かなくなってきた。ひとつには客が来ない、ということがある。照子の占いを見ることもできないし、暇そうな依ちゃんと源ちゃんは瑠衣に気を遣って、もっとなにか会話したほうがいいのだろうかとそわそわしている様子だし。

「あたし、ちょっとジョージと打ち合わせしてくるわ」

そう言って立ち上がった。

「また戻ってくる?」

照子が聞く。占いのお客も来ないのに、すごく戻ってきてほしそうなのはどうしてかしら、と思いながら、「なりゆき。電話する」と瑠衣は答えて、自分と照子のぶんのコーヒー代を払って店を出た。ありがとうございましたー、またどうぞー、という源ちゃん&依ちゃんのあかるい声が背中にかかって、なんとなく「うわあっ」という気持ちになる。そうだ、「マヤ」にいると落ち着かないのは、この「うわあっ」のせいもある。悪い気持ちなどではないし、何が「うわあっ」なのか謎なのだが――。とにかく、ジョージのところには二時間もいないから、「マヤ」には戻らずにひとりで帰ろう、と決めた。月見町から別荘地までのバス便があることがわかったので、運転免許を持っていない瑠衣も外出が以前よりしやすくなった。

「カリーと酒の店　ジョージ」はもちろんまだ開店前だったが、店のドアは例によってすっと開いて、ジョージは例によってカウンターの中の椅子に座って、めずらしく文庫本を読んでいた。

「ヤッホー」

「あれ。なんかまずいことあった?」

煙突掃除のことを言っているのだろう。ううん、全然問題ない。ありがとうね。瑠衣はニッコリ笑って感謝の意を示し、カウンターの椅子に座った。それからしばらく、ストーブが使えるようになって自分も照子も、心からありがたく思っていることをかなり大げさに伝えた。

「今ね、照子が〝マヤ〟に来てるのよ」

「あ、占いの日か」

よしよし。この前話したことをちゃんと覚えているようだ。

「なんか飲む？　ビール？」

「水でいい」

そう言ったのに、ジョージは冷蔵庫から缶ビールをふたつ取り出してきた。彼がプルトップを開けたので、瑠衣も開けた。「乾杯」と差し出された缶に、自分の缶を合わせる。

「試してみたくない？」

突然それを思いついて、瑠衣は言った。そうだ、それがいい。ジョージに（どうせ暇そうだし）照子のトランプ占いを受けさせればいいのだ。そうすれば彼のことがもっといろいろわかるし。

「試すって何を」

「だーかーら。トランプ占い。照子の。すっごく当たるのよ」

見たことはないし確信もなかったが、瑠衣はそう言った。

「俺、占いって信じないんだよ」

ジョージはビールを呷ると、生意気な小学生みたいな口調で言った。

「占いっていうか、照子のは人生相談みたいなものよ」

「悩み、ないもん」

「へー、ないの？」

「ないよ。瑠衣はあるのかよ」

「あるわよ」

「言ってみろよ」

「言わない」

小学生の口げんかみたいになってしまった。しまった、どこかで道筋を間違えた。照子のことをアピールしていたはずだったのに。

「占いはともかく、照子さんって、いい女だよな」

突然、ジョージがそう言ったので、瑠衣は歓喜の叫びを上げそうになった。

「そうよ、そうなのよ。そう思うでしょ？」

ジョージは頷き、小学生がはにかんでいるような表情で、さっきまで読んでいたらしい文庫本をカウンターの上に置いた。

「ああいう人と会うと、いろいろ考えるよな。とりあえず、本というものを読んでみることにしたんだ。何から読んでいいかわからないから、有名なこれにした」

その文庫本を、瑠衣は見た。太宰治『人間失格』。瑠衣は文庫本からジョージへと視線を移した。

「……本当は悩みがあるんじゃないの？」

「いや。ない。ないない。悩みとか、そういうんじゃない」

ジョージはそそくさと文庫本を隠した。不審な態度だったが、それが「計画」にとって吉なのか凶なのか、瑠衣にはまだ予想がつかなかった。


ジョージ。

本名、梓川譲二《じょうじ》。五十九歳。バツ二。子供はいない。長野県の南のほうの出身らしい。すべて自己申告だから、本当かどうかはわからないけれど、嘘を吐く理由もないだろう、と瑠衣は思っている。年齢に関しては、もう少し若くも見えるけれど、なんとなくこの男は、中学生の頃から五十男の風貌《ふうぼう》だったのではないか、という感じもする。

月見町に「カリーと酒の店　ジョージ」を開いて十年以上になると言っていた。それ以前に何をしていたのかは、まだ聞いていないし匂わせる言動も今のところない。「本というもの」は読まない人生だったらしいことは、さっきわかった。

ジョージのプロフィールを頭の中で組み立てながら、瑠衣は「マヤ」のドアを開けた。結局、缶ビールをふた缶、そのあとワインを一本ジョージとふたりで空《あ》けてしまい、それなりに酔っているしもう午後三時を過ぎているし、バスで帰るのは億劫《おっくう》になったしで、戻ってきてしまった。

「瑠衣！」

照子が嬉しげに声を上げた。照子だけではなく、源ちゃんも依ちゃんも興奮の面持《おもも》ちで瑠衣を見ている。二時間足らずいなかっただけなのに、すごい歓迎ムードで、瑠衣はたじろぐ。

「瑠衣、聞いて。あれから占いのお客さんがふたりも来たの！」

「〝かぴばら〟の朝倉くんが宣伝してくれたんです！」

「すっごい当たって、ふたりともびっくりして、友だちにも教えるって！」

「瑠衣にも見てほしかったわ！　よっぽど電話で呼び戻そうかと思ったんだけど！」

そういうことか。めでたいことには違いない。照子の「仕事」っぷりを見られなかったのは残念だ。瑠衣はコーヒーを所望して、さっきと同じ椅子に掛けた。

「ジョージを連れてこようと思ったんだけど、お客がふたりもいたんだったら、どっちみち彼まで回ってこなかったね」

つい、そう呟くと、

「ジョージさんも興味示してるんですか？」

と源ちゃんがすかさず身を乗り出した。

「今からでも来ればいいのに」

と依ちゃんも言う。

「今日は無理。もう酔っ払ってるから」

瑠衣は慌ててそう言った。

「やだ、打ち合わせとか言って、飲んでたの？」

照子が呆れたように言う。

「あんたも呼ぼうと思ったけど、勤務中だから遠慮したのよ。来たかった？」

「どうせなら、みんなでここで飲めばよかったわね」

照子はそう答え、一同は笑った。うんうん、照子のジョージへの感触は悪くない。瑠衣はあらためてそう考えながら、例の「うわあっ」に再び見舞われていた。うわあっ。瑠衣は照子を見、依ちゃんを見、源ちゃんを見た。呑気な場所。ここがそれだから、「うわあっ」なのだろうか。呑気っていうか幸せって感じもする。幸せな場所。その幸せが「うわあっ」とあたしを攻撃してくるのだろうか。やっぱり、よくわからない。ここは謎だ。

指先がやわらかいものに触れる感触があった。実際に触れているわけではない——ときどきよみがえる感触。それから、いつものように、キャーッという甲高《かんだか》い笑い声が頭の中に響く。瑠衣は、それを無視した。

結局その日、瑠衣は、照子の「勤務」が終わる四時までそこにいて、そのあとは照子が買い物したいと言うのでスーパーマーケットに寄り、いつものようにカートを押して照子の後ろをついて歩いた。あら、きれいな鯵《あじ》が出てるじゃないの。一尾お刺身にして、一尾はフライにしましょうか。どう？　とかなんとか照子に聞かれて、うんうんと頷いたりしている。まるで子供だと、瑠衣は自分に呆れる。

そうなのだ、と瑠衣は思う。こちらへ来てから、あたしはまったく照子の子供状態になっている。

もちろん、この暮らしが、ほとんど照子の計画によるものだという理由は大きいけれど。後先考えず老人マンションを飛び出して、泣きついたのはあたしだけれど。車が必須の田舎《いなか》で、車の運転ができないことも痛いけれど――。

それにしても、東京でときどき照子と会っていた頃は、あたしはずっと、照子に頼られてきたのに。言うなればあたしが母親で、照子が子供、少なくともあたしが姉で照子が妹だったのに。

もちろんそれが悪いとは思わない。照子の成長、あるいは思わぬ一面の発露を寿《ことほ》ぐべきだろう。でも、やっぱり、このままじゃちょっと気が収まらない。あたしだって役に立ちたい。瑠衣はこのところずっと、そう思っているのだった。

それで「計画」を立てたのだった。照子に恋をさせるという計画を。相手はジョージ。生涯の伴侶《はんりょ》にするのが適当であるかどうかはわからないけれど、生涯といったってあたしたちにはそんなにふんだんに時間が残っているわけではないのだし、べつに結婚したり一緒に暮らしたりしなくたって恋はできるのだし。服のセンスはともかくとして、ジョージがなかなかいい男であることは間違いない。長年培《つちか》った自分の勘がそう言っている。すくなくとも、照子が長年暮らしてきた男よりずっといい。百倍いいだろう。あたしは照子に知らせたいのだ。男っていいものだということを。この世界にはとんでもない男がいるけれども、いい男というものも存在し、いい男はいい、ということを――。

照子

「なんか運動部の合宿って感じだね」

瑠衣が言う。照子は「何が？」と聞き返した。

「あたしたち。この格好がさ」

「あはは。そうね、そうね」

「嬉しいんだ？」

瑠衣は苦笑する。ふたりともダウンジャケットを着ている。照子が赤、瑠衣がピンク。運動部の合宿というには派手——とくに瑠衣のは蛍光色のピンク——だし、そもそも運動部の人はダウンを着て運動するかしら、という気もするが、愉快であることは間違いない。

このダウンは、月見町の量販店にふたりで行って買ったのだった。痛い出費だったが、必要な出費でもあった。十月も半ばを過ぎて気温が一段と下がったのだが、ふたりが持ってきたコート——とくに瑠衣のビリジアングリーンのフェイクファーのロングコート——だと、いささか目立ってしまうからだ。

「でも、運動部の人は軽トラックには乗らないわよね」

照子がそう続けたのは、軽トラックを運転していることが楽しくて仕方がないからだった。軽トラックは、ジョージから借りた。俺が運転するよと言ってくれたのだが、照子は固辞した。これ以上彼に甘えられないし、軽トラックを運転してみたかったし、それ以外のことも、自分たちだけでやり遂《お》せたかったから。「私たちの矜持の問題なの」と言ったら、ジョージはピンときていないふうではあったものの納得してくれた。もしかしたらジョージは、キョージという男の問題なのかと思ったのかもしれないし、瑠衣はじつのところジョージに来てほしそうだったけれど。

瑠衣が欠伸《あくび》をする。午前七時過ぎだった。人はもちろん、車にもほとんど出くわさない。早朝の道を、軽トラックはガタゴト走る。

ジョージの軽トラックにはありがたいことにナビがついていて、照子はそこに、目的地の住所を入れた。それは、隣市にある工務店の住所だった。その敷地内で今日の午前九時から、端《は》材《ざい》の無料配布が行われるのである。ここ数日、「薪　無料配布」で検索しまくり、照子はこの情報を見つけた。

「端材のいいところはね、もう完全に乾燥してる、ってところ。伐採した木だと、無料でもらったってすぐには使えないでしょ？　それに重いし、ストーブに入る長さに切らなくちゃならないし。端材なら、そんなに長いのはないはずよ。なにしろ端材なんだから」

検索しながら得た知見を、照子は得々と披露した。

「でもなんで、こんなに朝早く出てくる必要があるわけ？」

瑠衣はまた欠伸をした。

「争奪戦になるからよ。早い者勝ちなのよ。なにしろ無料なんだから」

とはいえそれから間もなく、自分の読みが甘かったことを照子は悟った。次第に車が増えてきたと思っていたら、それらはすべて目的地の工務店へ行く車だった。門の前にはすでに車列ができていて、ふたりの軽トラックは先頭から十二台目だった。

門が開くまでの一時間あまりを、ふたりは「好きなものしりとり」をしながら待った。まずは照子が「瑠衣」と言うと、瑠衣は照れて「い、色じかけ」と続けた。け、毛糸。と、とんかつ。つ、つまみ食い。い、いたずら。ら、ら、ら……雷鳴。また「い」？　あんたわざとやってない？　だいいち、雷鳴が好きなんてへんじゃない。へんじゃないわよ、前はこわかったけど、今なら雷鳴もちょっといいかなって思ったのよ。照子がそう言うと、瑠衣は「なるほどね」と言った。い、い、い……インド。インドが好きなの？　前はどうでもよかったけど、今ならインドもちょっといいかなって。瑠衣は言い、ふたりは笑った。

車の列が動き出した。敷地内に入ると、中は思っていたよりずっと広くて、端材は一箇所ではなくて数箇所に分けて山になっていた。量もたっぷりあって、この順番ならあぶれることはなさそうだ。照子はそろそろと軽トラックを移動させて、積み込みやすいポイントを探した。

いい塩梅《あんばい》で駐車できそうだと思ったとき、後ろから黒いジープが割り込んできた。照子がとっさにハンドルを切らなかったら、ぶつかるところだった。照子も瑠衣も体がひどく揺れて、それが収まると、瑠衣が飛びつくようにしてドアを開けた。

「ちょっと！　危ないじゃない！」

よく通る瑠衣の声が、ひんやりした秋の朝の空気をふるわせた。照子も降りた。遅れて、ジープからも男がひとり降りてきた。黒い革のジャケットにデニムという姿の、四十代半ばくらいの男。薄笑いを浮かべている。

「いやいやいや。ここは、弱肉強食ですから」

言うに事欠いて、男の口から出てきたのはそれだった。謝る気はないらしい。照子は呆れて、言葉が出てこなかった（タトゥーのアームカバーを装着してくるべきだった、と思っていた。今回も距離が近すぎるけれど、ちらっと見せれば役に立ったかもしれない、と）。

「それがあんたの生きかたなの？　サイテーだね」

瑠衣が怒鳴った。その通りだわ。照子はうんうんと、強く頷いた。男はあいかわらずニヤニヤしている。

「もういいでしょ、ぶつからなかったんだから。お年寄りの相手してる暇はないんでね、じゃあそういうことで」

「はしたない人だこと」

背を向けた男に向かってそう言ったのは瑠衣でも照子でもなかった。不意にそこにあらわれた、小さな老婆だった。照子と瑠衣よりずっと年上に見える――八十はゆうに超えているのではないだろうか。着古したオーバーオールにベージュのショートコート、すみれ色のベレー帽を被っているのが小粋な感じだ。

男が振り向いて舌打ちした。

「見ていましたよ、あなたが悪いと思います」

「何様だよ、あんた」

「あなたみたいな人には、名乗りたくないわね」

男はあらためて薄笑いを浮かべた。それから大きな溜息《ためいき》を吐いたが、いかにもわざとらしくて、男がそれなりにダメージを受けていることはあきらかだった。それで照子はクスクス笑った。こちらは薄笑いではなくて、本物のクスクス笑いだ。ははは、と瑠衣も笑った。ベレー帽の老婆に至っては、ホホホホと高らかに笑った。男はもう一度舌打ちするとジープの陰に隠れた。照子にはそう見えた――実際には男は、端材のほうへ歩いていったのだとしても。

照子と瑠衣が老婆にお礼を言うと、老婆はニコニコしながら手招きした。

「私、少し車を動かしますから、こちらへどうぞ。そのほうが積みやすいでしょ」

驚いたことに老婆も軽トラックで来ていた。乗り込むと、慣れた様子で車を移動させた。空いたスペースに照子が自分のトラックを入れると、なるほどずっと積み込みやすい位置になった。

「宇陀川静子《うだがわしずこ》と申します」

トラックから降りると、老婆は自己紹介した。照子と瑠衣もそれぞれ名乗った。そのあと少し間ができた。

「別荘地の方？」

やがて静子さんがそう聞いた。

「はい」

一瞬の逡巡の後、照子はニッコリ笑ってそう言った。

「またお会いできるといいですね」

「はい、ほんとに」

照子と瑠衣は老婆の軽トラックに端材を積み込むのを手伝いたいと申し出たのだが、老婆は手をひらひらと振って辞退した。

「弱肉強食ですもの、あなたがたもご自分たちのぶんを積み込まないと」

それで、三人でもう一度笑って、照子と瑠衣は端材を積み込みはじめた。照子が予習していた通りに端材は大きさ的にも重さ的にも扱いやすくはあったけれど、軽トラックの荷台いっぱい積み込むのにはもちろん相応の労力が必要で、やり遂げたときにはふたりとも、以前の薪運びのとき以上にへとへとになっていた。そうして気づいたときには、残り少なくなった端材の向こうに、静子さんも、彼女の軽トラックも、もう見当たらなかった。まるで最初からいなかったみたいに。

「静子さんのトラックが出て行くところ、見た？」

瑠衣が聞き、照子は首を振った。彼女ひとりで、私たちより早く端材を積み込んで、トラックを発進させたのだろうか。彼女なら、それが可能であるようにも、なぜか思えるけれど——。

不思議なような、愉快なような気持ちのまま、ふたりは軽トラックに乗り込んだ。これからやってくる車もいるけれど、端材はまだ残っている。そのことに照子はほっとした。「弱肉強食」も、「早い者勝ち」も、好きじゃない。「きらいなものしりとり」をやったら、きっとこのふたつの言葉が出てくるわね、と思った。

案内板に従って、来たときとはべつの門から道へ出た。午前十時前だった。日が照ってきた。空の色は東京とはあきらかに違う、濃いブルーだ。瑠衣が唸《うな》りながら伸びをした。

「いい運動になったわねえ」

照子は言った。

「あたしたち、すごく健康になっちゃうんじゃない？」

瑠衣の答えに照子はすっかり嬉しくなった。実際のところ、家に帰ったらすぐバタンとベッドに倒れ込んでしまいそうだし、はしたない男にも会ったのだが、にもかかわらず気分は晴れやかだった。静子さんという謎のスーパー老婆と出会えたし、端材はトラックの荷台に満載だし。

行きは気が逸《はや》っていたせいもあって、あまり景色を意識しなかったが、今は見えるものすべてが美しかった。ちょうど紅葉の盛りで、オレンジ色に染まったカラマツと、白樺《しらかば》の枝と、空とのグラデーションが美しい。私は今、こんなところにいるんだわ。照子はいつでも——薪ストーブを焚きつけているときも、その炎をぼんやり眺めているときも、朝目が覚めたときも、買い物中も、「マヤ」にいるときも——ふいに込み上げてくる思いに今朝も身を任す。そしてちらりと瑠衣を見る。瑠衣と一緒にいるんだわ、と。

瑠衣は瑠衣で、照子の視線には気づかず、ぼうっと山を眺めていた。何を考えているのかしら。瑠衣が世間に見せている——むしろ見せびらかしている——見た目や言動の内側に、瑠衣が決して誰にも見せないもうひとりの瑠衣がいることを照子は知っていた。照子にしても、そんな瑠衣を見たのは一度きりだ。照子のほうから、その話を持ち出そうとは思わない。ただ、そのことに関してはいつでも考えている——いっそ、照子の余生における最大のテーマと言える。

「あ！」

照子は車のスピードを落とした。五メートルほど先の道の真ん中で、黒い獣《けもの》が一頭、立ち止まってこちらを見ている。

「え？　熊？」

瑠衣が身を乗り出した。

「熊……じゃないわよね。牛？　鹿？　もしかしてニホンカモシカっていうのが、あれじゃない？」

「天然記念物？」

その黒い獣のほうは軽トラックにはもう関心がなくなったらしくて、悠然とした足取りで道を横切り、林の中に消えていった。そのとき照子が考えていたのは、静子さんのことだった。あのゆったりした雰囲気が、なんだか似ている気がしたのだ。


夜が長くなってきた。

自然の摂理というより感覚的なものだ。不自由さや寒さも含めて、ここでの暮らしに慣れてきたせいもあるだろう、と照子は考える。

お風呂は夕方のうちに、温泉に入りにいく。夕食は午後七時から。今日のメニューは茸《きのこ》と鶏団子《とりだんご》の鍋、だし巻き玉子に里芋のバター炒めで、今は午後九時で、後片付けも終わって、照子と瑠衣は薪ストーブの前にいる。照子はソファの端に座り、瑠衣はソファには座らずに、もう片方の端を背もたれにして、床に足を投げ出している。瑠衣が立ち上がり、防火手袋――これも「必要な出費」として、ホームセンターで手に入れた――をいそいそと両手にはめて、薪ストーブにあたらしい薪をくべはじめる。薪を燃やすのが楽しいようだ。「薪ストーブの効率のいい焚きかた」などをインターネットで検索して熟読している照子としては、もう少し余熱を利用してから薪を入れてほしいところなのだが、それは言わないことにする。とにかく今は表に端材がたくさん積んであるから（トラックから降ろすのもまた大仕事だったが）、暖房にかんしては以前ほどの不安はなくなった。

瑠衣が立ち上がったので、照子は急いで本の上に視線を戻した。スーツケースに入れてきた三冊のうちの一冊で、イギリスの、ある国語教師の一生を書いた長編小説だ。もう何度も読んでいるけれど、何度読んでもいい。この教師の一生は、他人が遠目に見れば「冴《さ》えない、平凡な一生」ということになるのだろうけれど、読んでいて照子が思うのは、「冴えない、平凡な一生」なんてものはそもそも存在しないのだ、ということだ。

瑠衣はさっきまでいた場所に座ると、外していたイヤフォンを装着した。フランス語のシャンソンを聴いて勉強しているらしい。指が膝の上でピアノの鍵盤《けんばん》を叩くような動きをし、唇も微かに動いている。普段の瑠衣らしくない真面目さに、本人は気づいているのだろうか。

ここへ来た最初の頃は、夕食が終わってもだらだらとビールや安いワインを飲んで、眠くなるまでお喋りしたものだった。瑠衣の「助けて」の電話から駅前での待ち合わせ、双葉ＳＡでの出来事、この家のドアと、照子がバッグに入れてきたドライバー。この家に来るまでの顚末《てんまつ》をふたりで何度でも思い出して、相手が思い出せないことを補足したり、それを訂正したりして、笑いながら夜が更けていった。そのあとはあたらしい生活のあれこれがあった。相談、計画、反省、また計画。でも、今はもうその時期も過ぎて（相談や計画や反省は、朝食か昼食のときで事足りる）、そもそも、だらだらお酒を飲むということがなくなった。経済的なこともあるし、たっぷりお酒を飲むのは特別な日だけにしよう、と何となく決めている。それで、ベッドに入る時間が来るまで、それぞれ好きなことをしている。こういうのっていいわね、と照子は思う。自分の結婚生活の記憶を塗り替えるように、蜜月《みつげつ》を過ぎた後の円熟っていうところかしら、と考えている。照子はたいていは読書と、インターネットで調べもの。ときどきお菓子作り。瑠衣はイヤフォンで音楽を聴くか、フランス語の勉強（これは、最近思い立ったらしい）。それに意外なことにお裁縫（ステージ衣装に何やら装飾を施したりしている）。もちろんときには、お酒抜きでお喋りもする（酔っ払ってうっかり余計なことを口にする心配がないので、具合がいい）。

「そういえばさ」

今夜は、瑠衣が照子に話しかけた。

「あんたの連れ合いからの電話は、着拒《ちゃっきょ》にしてんの？」

チャッキョというのは、着信拒否の短縮形のことらしい。もちろんチャッキョしてるわ、と照子は答えた。家出――照子の中では「大脱走」ということになっているが――の嗜《たしな》みというものだろう。

「ずっと連絡取れないと、警察に行ったりするんじゃないかな」

「その心配はないと思うわ。そのために置き手紙を書いてきたんだし。あの人は見栄っ張りだから、妻が出て行ったことを公《おおやけ》にはしたくないはずだもの」

「ふーん」

とりあえず納得しておく、という表情を瑠衣はした。

「じゃあひとりでオタオタしてるのかねえ。家事も全然できないんでしょ？　どうなってんのかねえ、今頃。どう？　気になったりする？」

これはどういう答えを期待されているのかしら、と考えながら、照子は「全然」と答えた。

瑠衣に対してというより自分に対しての答え、いっそ決意だ。

「家政婦がいなくなったと思って、あたらしい家政婦さんを頼んでるんじゃないかしら」

実際のところは、プロの家政婦を探して選ぶような根気は寿朗にはないし、警察に行かないのと同じ理由で、家政婦を家に入れることはないだろう、と照子は思っていた。

「家政婦さんじゃなくても、世話を焼いてくれる女の人を家に連れてきてるかもしれないし」

昔の寿朗ならそうしたに違いないが、もう、そういう相手からはとっくに見捨てられているはずだし、もちろんあらたに恋人を見つけるなんて無理だろう、とも照子は思っていた。

「じゃあ、後悔は一ミリもないわけだね」

「一ミリもないわ」

照子はきっぱりと言った。喜ばしいことに、それは本心だった。正直言えば、寿朗のことが全然気になっていない、というわけではない。食料をコンビニでしか調達できなくて、しょっぱいものばかり食べて、血圧が上がってるんじゃないかしらとか、ゴミに埋もれて暮らしてるんじゃないかしらとか、ときどきどうしても考えてしまう。でも、後悔は本当に、一ミリもしていなかった。他人が遠目に見れば――もしかしたら間近に見たって――私は「身勝手な女」なのかもしれないけれど、そう呼ばれたって一ミリも後悔なんかしないわ、と照子は思った。

カモシカという生きものにはじめて遭遇したせいで、照子の中に、長い間思い出さなかった男の顔がよみがえった。顔立ちも雰囲気も、カモシカみたいな感じの男だったのだ。椎橋先《しいはし》生、と照子はその男のことを呼んでいた。下の名前をもう覚えていないことに、照子はちょっとびっくりした。それほど昔のことだったし、あるいは、その程度のことだった、と言えるのかもしれない。でも、その当時――二十四歳の照子は、椎橋先生に夢中だった。これが恋だ、と思っていたし、私は椎橋先生を愛している、と信じていた。

椎橋先生は歴史研究家だった。大学で講師をしながら、古代文明にまつわる本を書いていた。当時五十三歳（椎橋先生は照子の父親の高校の同級生で、つまり父親と同い歳だった）。照子は四年制大学の国文科を卒業した後、アシスタントとして彼の家に通うようになった。資料集めとコピー、その他事務的な雑用が照子の担当だったが、仕事は面白くて、やりがいもあった。けれども間もなく、椎橋先生を愛するようになって、つらくなった。照子は自分の想いを、椎橋先生に決して気づかれまいとした。椎橋先生には妻がいたからだ。やさしくて、美しい人だった。毎日、午後三時になると、日当たりのいいリビングで、彼女が淹れた紅茶やコーヒーを飲み、日替わりで用意してくれているおいしいクッキーやケーキを食べながら、三人で談笑した。子供がいない椎橋先生とその妻は、たぶん照子のことを、娘みたいに思っていたのだろう。

つらいあまりに、照子は結婚してしまったのだった。寿朗とは、照子の女友だちの別荘で出会った。彼女の兄の友だちだったのだ。夏の海辺の一日を一緒に過ごして、一日早く彼が帰るとき、東京でも会ってくださいと言われた。そんな成り行きや、東京でのデートやはじめての口づけや、それらのことを誰にも申し訳なく思わなくていい、ということが、照子は嬉しかった。その嬉しさを、恋だと思った。寿朗を愛している気はしなかったが、愛せるだろう、と思ってしまった。

照子が寿朗を愛せないことに気がついたのと、寿朗が照子を使用人のように扱うようになったのは、どちらが先だっただろう？　いずれにしても照子は、長い間――まさに、瑠衣の「助けて」をきっかけにして決心したついこの前まで――そのことを理由に結婚を解消しようとは考えなかった。寿朗を選んで結婚したのは自分の意思だったのだから、その責任は取らなければならない――寿朗が結婚生活を続けたいと思っているのなら、従わなければならないと思っていたのだ。もっとも今考えれば、四十五年の結婚生活の間に、寿朗から理不尽な扱いを受けることに慣れてしまった部分もあって、責任だなんだというのは言い訳で、ただ、行動を起こす勇気と気力がなかったということなのかもしれない。

寿朗との間に、子供はできなかった。結婚三年目に、ふたりとも検査を受けた。原因は寿朗のほうにあるとわかると、彼はそれきり子供がほしいと言わなくなった。そういうことなら仕方がないと、照子もあきらめることにしたのだったが、ある日自宅に彼の同僚や部下たちを招いてもてなしているとき、子供を持てないのは妻の体に問題があるせいだと、寿朗が話しているのをキッチンで照子は聞いてしまった。その瞬間、照子の中でかろうじて灯っていた明かりが、すうっと消えるような感触があった。クラス会で瑠衣に再会したのはそのすぐあとだった。

クラス会。

あれももう、四十年前のことになる。中学卒業以来、十五年ぶりの、はじめてのクラス会。照子と瑠衣は（もちろんほかのクラスメートたちも）三十歳になっていた。

照子は気が進まなかった。クラスメートたちの現在への興味よりも、今の自分を知られたくない、という思いのほうが上回っていた。当時は瑠衣はまだ特別な友だちではなかったから、とくに会いたいとも思わなかった。でも、出かけていった。自分がクラス会に行きたくない状態であることを、受け入れたくなくて。会場は渋谷《しぶや》の居酒屋の個室で、十五人ほどがふたつのテーブルに分かれて座り、それぞれのテーブルの中央ではカセットコンロの上で寄せ鍋が煮えていた。なぜかあまり誰も手を出さぬまま——照子にしても食指はさっぱり動かなかったが——鍋の中身がどんどん煮詰まっていくのを、ぼんやり眺めていた記憶がある。

そこで語られる各人の現在とは、つまりは会社の名前だった。男性の場合は勤め先、女性の場合は結婚した相手の勤め先。当時はまだ、女性のゴールは結婚だと思われている時代だった。照子が聞かれるままに、既婚であることと、寿朗の勤め先の社名を明かすと、称賛の声が上がった。一方で、照子に子供がいないことを聞き出して、同情したり見下したりする者たちもいた。クラスメートたちは大人になったというより、いっそ人ではなく、彼らが口にする社名そのものに変身してしまったように照子は感じた。

瑠衣と照子はべつべつのテーブルだった。襟《えり》ぐりが大きく開いた、体のラインを際立《きわだ》たせる真っ赤なニットワンピースという姿の瑠衣が、よく飲み、よく喋っているのが照子のテーブルからも見えた。「旦那を捨てて男と駆け落ちしたらしいよ」と、口伝《くちづて》で瑠衣の現在が聞こえてきた。さすが森田《もりた》さん。森田さんらしいね。照子のテーブルの人たちは、それを聞いてそう言った（森田さんというのは瑠衣のことだ、そのときまで照子にとっても彼女は瑠衣ではなくて森田さんだった）。駆け落ち。そんなことができるのね。森田さんだからできたのね。私には到底無理ね。——というのが、そのとき照子が思ったことで、大意としては、ほかの人たちの感想とさほどは変わらなかったと言える。

照子自身はアルコールに強いし、適量を飲んでいたのでほとんど酔っていなかったが、隣の席にいた塚本《つかもと》くんという男性が、最初から何かと照子に絡んでいたのが、酔うにつれてひどくなってきた。「優等生だって家庭に入ればただの奥さんになるんだよな」と言ったかと思えば、「結婚すれば一生食わせてもらえるんだから、女はいいよな」と言ったりして、照子はうんざりしながら適当にあしらっていた。一次会はお開きということになり、出口へ向かおうとした照子を塚本くんは追いかけてきて、二次会にも来るんだろうと言った。行かないと照子は答えた。すると塚本くんは「いいじゃん行こうぜ〜」と言いながら照子の肩に腕を回した。照子がゾッとして体を離すと、すでに足元が覚束なかった塚本くんは、はずみで尻餅《しりもち》をついてしまった。なにすんだよこのクソ女！　塚本くんの酔いで濁った怒声が店中に響き渡った。

塚本くんは体を起こして照子の前に立ちはだかり三時間くらい怒鳴っていた——ように、照子には思えた。実際のところは、せいぜい一分くらいだったろう。気取ってんじゃない、食わせてもらってるくせに、何もできないくせに、酌《しやく》くらいしろ。それらの意味の言葉に、いろんなバリエーションをつけ、「クソ女」を交ぜて、つまり、より汚い、耳に耐えない言葉にして怒鳴り続けた。照子は呆気にとられ、体が麻痺《まひ》して動かせないような心地になっていたが、そのことも含めて、はじめての経験ではなかった。寿朗が癇癪《かんしやく》を起こすと、同じようなことになったから。私って、そういう人を引き寄せる何かを持っているのかしらと、怒鳴られながら照子は考えていた。家の中でも外でも同じ目に遭うということが情けなく、泣きそうになるのを一生懸命こらえていた。そのとき突然、視界から塚本くんが消えた。

瑠衣が、塚本くんを突き飛ばしたのだ。塚本くんは再び尻餅をつき、ついでに観葉植物の鉢にぶつかって、偽物のベンジャミンを抱きかかえる格好で、それこそ呆気にとられた顔をしていた。照子は腕を摑《つか》まれていることに気がついた。摑んでいたのは瑠衣だった。行こう、と瑠衣は言った。照子は瑠衣に引っ張られるままに店を出た。ビルのエレベーターに乗り、ビルの外へ。外は夜だった。ビル街の明かりを見て、美しい、と照子は思った。その夜の中にふたりは走り出ていった。あの夜の景色を——まるで夜というものをはじめて見たかのようなあのときの気持ちを、照子ははっきりと覚えている。

そのあとふたりだけで「二次会」をした。瑠衣が馴染《なじ》みだというバーで。照子はこの店ではじめて、自分の結婚生活について他人に語った。人前で泣いたのもこのときがはじめてだった。自分のことで泣いたのではなかった。瑠衣が先に泣き出した。大泣きだった。照子はそのとき、瑠衣のために泣いたのだった。

今日もいい天気だ——気温は、また一段と下がったようだけれど。

釘《くぎ》を打つ音が聞こえてくる。瑠衣が早起きして、二階の雨戸の木枠が劣化してひどい有様になっているのを直しているのだ。照子にしてみれば——これまでの暮らしでは、外構の不具合はすべて業者を手配していたので――いったいどこをどうすればボロボロの雨戸がちゃんとした雨戸になるのか、見当もつかないのだが、瑠衣はこともなげに「こんなの生まれたときからやってるから」などと言うのだった。

釘を打つ音は、いい音だった。もちろんこれまで、雨戸のような大物でなければ自分で釘を打ってどうにかした経験がないわけではないけれど、こんな秋晴れの朝に、同じ家で暮らしている人が釘を打つ音が聞こえてくるのはいいものだわ、と照子は思った。照子はといえば、小麦粉を捏《こ》ねていた。キッチンの床下収納庫の中に、大きな鍋を見つけたので、皿を組み合わせて蒸し器にして、肉まんを作ろうと考えている。今、自分は幸せだと照子は思った。

「ふおおっ、い、し、い〜」

蒸したての肉まんにかぶりつく瑠衣を見て、照子は目を細める。雨戸の修理は終わり、さっき外から見てきたが、木が剝《は》がれてバタバタと風になびいていた部分がきれいに修復されていた。

「たくさん作ったから、ジョージさんにもおすそ分けしようかしら」

たくさん作ったからというより、会心の出来栄《ば》えだったから、照子はそう言った。先日のお礼をしなければとずっと考えていた。

「ジョージに！　いいんじゃない、いいんじゃない！　ぜひそうして！」

肉まんの脂《あぶら》で唇をギラギラさせた瑠衣は、さらに目をギラギラさせて叫んだ。その勢いに照子はたじろぎながら、「じゃあ今日、〝マヤ〟に行くとき、一緒に行く？」と聞いた。

「ううん、行かない。今日は、まだいろいろ直すところがあるから。あんたひとりで会いにいって。肉まんの食べかたとか、あんたがこういうのチャチャっと作っちゃうこととか、よおくジョージに教えてやって」

そういうわけでその日照子は、肉まんを入れたタッパーがわりの鍋を傍らに、ひとりで町まで車を運転していった——ジョージに対する瑠衣のあの熱意はなんなのかしらと訝《いぶか》りながら。

「マヤ」へ行く前にジョージの店に立ち寄ることにした。店のドアは開いていたがジョージの姿はなかった。それで「マヤ」へ向かうと、店の前に彼はいた。

「ヤッホウ」

とジョージは片手を挙げた。困ったような顔に見えるし、どこかいつものジョージらしくない。

「今、お店にうかがったところだったのよ。肉まんをお届けしたくて。〝マヤ〟に来たところ？　それとも帰るところ？」

来たところだとジョージは答えた。それでふたりは一緒に店内に入った。

「あの。占い、お願いできますか」

ジョージがそう言ったのは、それぞれテーブルに着き、依子さんにコーヒーを頼み、照子が席を立って肉まんの鍋をジョージに渡し、今すぐ食べるならこのままで大丈夫だけど、あとで食べるなら温めてね、電子レンジでも大丈夫だと思うわ、と説明し、ジョージが礼を言い、依子さんと源ちゃんが肉まんの作りかたについてわあわあ質問し、照子が今度教えることを約束し、自分のテーブルに戻った、そのすぐあとだった。もちろん、と照子は答えた。その時点で、「トランプ占い師の勘」によって、これは恋愛相談に違いない、とほとんど確信していた。

その確信は大当たりだった。

その日の夕方、照子はマヤを出ると、スーパーマーケットで買い物をした。スルメイカが安く出ていたので、今夜はイカのお刺身にして、ゲソはサツマイモと切り昆布と一緒に煮ようと決めた。瑠衣は毎回、料理の感想を言ってくれるだけでなく、寿朗のような好ききらいがないから、献立を考えるのはずっと楽だ。

車を発進させると間もなく、カーラジオから「あの素晴しい愛をもう一度」が流れてきた。大学時代に流行《はや》っていた、照子が好きな歌だ。合わせて口ずさみながら運転した。さっきのジョージの様子や言葉のひとつひとつがよみがえり、我知らずニコニコしてしまう。

毎日、彼女のことばっかり考えちまうんですよね。月に二度は会ってるのに、別れるとすぐまた会いたくなるんです。これって恋ですかね？　俺は、どうしたらいいんでしょうか？　だってこの歳で……いや、相手も若くないんです、俺より年上なんですよ。実年齢が、っていう意味で、彼女そのものは、俺よりずっと若々しくてエネルギーがあって、可愛い人ですけど。

告白、するべきですかね？　いやいや、告白してどうこうなろうとかじゃないですよ。ただ自分の想いを打ち明けたいという欲求があって。変ですかね？　せっかく今、雇い主と歌手っていう関係でうまくいってるのに、ぶちこわしですかね？

歌が終わり、照子は声を出してクスクス笑った。あれで彼は、意中の相手を隠しているつもりだったんだから、傑作ね。「雇い主と歌手っていう関係」と言ってしまったのはたぶん話に夢中になるあまりの無意識で、決定的な情報を明かしてしまったということに本人は気づいていないみたいだったけど……。申し訳ないけど、あれで私だけじゃなくて、依子さんにも源太郎さんにも、わかっちゃったわね。ジョージが瑠衣に夢中だっていうことが。

もちろん照子のカードは——というか照子は——「自分の心に従うべし」という道を示した。瑠衣の反応はわからないけれど、誰かから想われるのは素敵なことだし、たとえ瑠衣にその気がないとしたって、以後のふたりの関係が悪くなるとは思えない。瑠衣はそこらへん、ちゃんとうまくやるはずだわ、と照子は思った。それに、瑠衣がジョージを憎からず思っているのは間違いないし、うまくいく可能性のほうが高いわ。そうよ、瑠衣はまだあんなにエネルギーに満ちていて、若々しいし可愛いし、雨戸だって直せるんだから、もう一度恋をするべきだわ。あの素晴しい愛をもう一度、よ。

瑠衣

恥の多い生涯を送って来ました。

『人間失格』の「第一の手記」は、そういう文章ではじまっていた。ほほう。恥の多い生涯とな。どういう生涯なんだろうね。瑠衣はそう考えながら、しばらく読んだ。そして静かにページを閉じた。「人間の生活というものが、見当つかないのです」とか、「空腹という事を知りませんでした」とか——あまり参考になりそうにない。最後まで読めばなにかしらはわかるのかもしれないが、なんだか陰気くさい文章で、読み続ける気にならなかった（実際のところ、瑠衣もジョージに負けず劣らず「読書家」とは到底名乗れないタイプである）。明日、ジョージに返そう。そう決めた。

隣で照子が小さく唸った。瑠衣はナイトテーブルの上のロウソクを吹き消した。寝つきがいいことには自信があって、いつもはベッドに入るとすぐに寝入ってしまう——「横になってから一分かからないわよね」と照子から呆れたように言われる——のだが、今夜は照子の寝息が聞こえてきても、瑠衣はなぜか眠れずにいた。それで常備してあるロウソクに火をつけて——

電気が使えないというのはロマンチックかつ不便なことだ――、ジョージから借りた本をめくっていたのだった。

瑠衣は暗闇の中で目をぱっちり開けて、天井を見つめた。小さなシェードが三つついたランプのかたちが、ぼんやりと見える。あたしたちがここに来てから一度も明かりを灯されたことがない、かわいそうなランプ。瑠衣はそう思い、それから、七十歳か、と突然思った。よくまあ生きてきたよね、と。その思いには、自分の逞《たくま》しさに驚く気持ちと、呆れる気持ちがあった。十二月になれば七十一歳になる。そしてあたしと同じ誕生日のあの子は、四十九歳だ。生きているとして、だけれど。生きているに決まってるじゃない、と瑠衣は自分の頬を叩くようにして思ったが、実際のところ、あの子がすくすく成長して無事に四十九歳を迎えられるのか、それとも不慮の事故とか病気とかで、もはやこの世にいないのか、それすら自分は知らないのだ、ということに呆然とした。

『人間失格』は瑠衣のほうから言い出して借りた。あんたがどんな本を読んでるか興味があるのよ、と言ったらジョージはなぜか異様に嬉しそうな顔になって、貸してくれた(『人間失格』は読破したそうで、「深いよ」と、悪いけどいかにも浅い調子で言っていた。ちなみに今は、『痴人《ちじん》の愛』を読んでいるらしい)。実際には、ジョージが読んだ本だから自分も読んでみたかったわけではなくて、タイトルのせいだった。自分のことを「人間失格」だと思っていた時期が瑠衣にはあったからだ。いや、今はそう思っていない、というわけではない。ただ、思い出さないようにする技術が少し上達しただけだ。

『人間失格』を膝の上に置いて、瑠衣は照子のＢＭＷの助手席に座っている。

今日は土曜日で、瑠衣の出勤日なのだが、照子が買い物をしたいと言うので、早めに出てきた。

「それ、中学生のときに読んだわ」

照子が言う。今日も寒くて、ふたりとも例のダウンジャケットを着込んでいる。瑠衣としては出勤の日くらい、お気に入りのフェイクファーのコートを着たいのだが、別荘地内同様に、町でもなるべく目立たないようにしたほうがいい、と照子が言うのでしぶしぶ従っている——あんたがトランプ占い師で、あたしがシャンソンを歌ってる件はＯＫなわけ？　と抗弁してみたのだが、「私たちの仕事は、瑠衣のコートよりずっと目立たないわ」と言い返された。とはいえ蛍光ピンクのダウンの下に今日着ているのは豹柄《ひょうがら》のニットワンピースなので、ロングコートで全身を覆っているより目立つようにも思えるのだが。

「読書感想文の課題図書だったんじゃないかしら。瑠衣も読んでるはずよ」

「マジ？　全然、覚えてない」

「読まないで書いたんじゃない？」

「ありえるね」

「ワザ、ワザ、っていう子が出てくるのよね。ワザ、ワザ、って、しばらく流行ってたじゃない」

瑠衣は肩をすくめた。それもさっぱり記憶になかった。ようするにあの頃、自分と照子は同じクラスにいてもまったくべつの世界で生きていたということだろう。

それで、ちらちらと照子を窺った。赤いダウンに、白いクルーネックのセーター、ベージュのコーデュロイのワイドパンツ。セーターの首元には黄色と紺のストライプのハンカチがさりげなく巻かれている。何を着ても上品でセンス良く見えるのが照子だ。なんであたしたち親友なんだろうね、と瑠衣はつくづく不思議になる。

スマートフォンにメッセージが届いた。通信会社からの「おすすめのお得プラン」の通知だった。どのくらいお得なのかと読んでみたが、なにやら複雑なことが書いてあり、途中でやめた。

「そういえば、あんたの通信料はあんたが払ってるの？」

ふと思いついてそう聞くと、「ううん」と照子は憂鬱そうに首を振った。

「家族割っていうの？　そういうので加入してるから、夫の口座から一緒に引き落とされてるの。いやなんだけど、夫じゃないと手続きできないみたいで」

「そっちから居場所がばれたりする危険はないわけ？」

「ないと思うわ。あっ、そうだ、通信料が引き落とされてれば、私が無事でいることはわかるのよね。その点ではいいかも。私が自分の意思で帰らないんだってことがわかるものね」

「通信料くらい、バカ夫に払わせておけばいいよ」

瑠衣はそう言って笑ったが、実のところ、ほんの少し胸がチクチクしていた。家族割か、と思っていた――なんだかんだ言って、照子とバカ夫とは、「家族割」に加入するくらいの家族ではあったんだよね、と。

自分だって、曲がりなりにもそういうものを持っていた時期があった――しかも、二回――けれど、あれらはなんというか、家族未満だった。っていうか、ちゃんとした家族になる前に、一度めは自分がぶち壊し、二度目はパートナーが死んでしまった。あの頃は携帯電話なんてものはなかったから、もちろん家族割もなかったけれど、もし携帯やスマホがあの頃にあったとしたって、家族割に加入するヒマもなかった、というところだ。

瑠衣がすみれ色のベレー帽を見つけたのは、スーパーで買い物し、会計を終えたときだった。

「静子さーん！」

とっさに大きな声で呼ぶと、出ていこうとしていた静子さんは振り返って、戻ってきた。

「ごきげんよう。またお会いできましたね」

「まあ、静子さん！」

照子も嬉しそうだ。意外そうでもある。瑠衣にしても、こんなに早くまた会えるとは思っていなかった。というか、いちばん意外なのは、静子さんが現実の老婆であったということかもしれない。ふたりはあらためて、先日の礼を述べた。

「何かお困りのことがあったら、いつでも頼ってくださいね。私はこの通り古株なので、いろいろお役に立てると思いますので。私、鴨《かも》ヶ《が》池《いけ》別荘地に住んでますの」

静子さんが口にした別荘地は、驚いたことに、照子と瑠衣が拝借している別荘地だった。瑠衣と照子はちらりと目を見交わした。やっぱり、自分たちのことは明かさないほうが賢明だろう。

「そのベレー、とっても素敵ですね」

それで、瑠衣はそう言った。まあ、ありがとうございますと静子さんは嬉しそうに笑った。

「おふたりもとっても素敵。今度会ったらお洋服のお話でもいたしましょうね。ではまた。ごきげんよう」

ふたりは静子さんを見送った。今日も軽トラで来ているのだろうか。瑠衣は伸び上がって駐車場を見渡したが、スーパーの建物から出ていったはずのすみれ色のベレー帽は見つからなかった。

「静子さんってさあ」

照子のＢＭＷに乗り込むと、瑠衣はふと呟いた。

「……ちょっとあんたに似たところあるよね」

違うことを言いたかった気もするが、そういう言葉になった。

「あら。私は、瑠衣に似たところがあると思ってたわ」

照子はそう答えた。


「マヤ」のドアにはリースが掛かっていた。マーガレットに似た白い小花と、黄色いリボンがあしらわれた、乙女チックな感じのもの。クリスマスの飾りつけだとしたら、ずいぶん気が早いことだね、と瑠衣は思う。

「わー、瑠衣さん！　照子さん！　いらっしゃい！」

いつものように熱烈に歓迎されて、瑠衣は例によって「うわあっ」となった。源ちゃんと依ちゃん、このふたりはまったく愛すべきふたりだし、人の好ききらいが激しい自分でも、大好きだと思えるふたりなのだが、どうして毎回「うわあっ」となるのだろう、と瑠衣は不思議になる。

「今日、おふたりが来ればいいなって、依子と話してたんですよ。ねー」

「ねー」

ふたりはニコニコしながら口々に言った。

「リース見ました？」

見た、と瑠衣と照子は答えた。

「あれ、お祝いに源ちゃんが買ってくれたんです」

「ほんとはもっとでっかい花輪を置きたいくらいだったんですけど」

何のお祝い？　と瑠衣と照子は聞いた。

「私と源ちゃんに」

「子供ができましたあ」

瞬間、瑠衣の「うわあっ」は最高潮になった。

そのあとはお祝いの言葉と質問と詳報の応酬になった（今日も今日とてほかに客がいないので、気兼ねの必要もなく）。三日前に妊娠検査薬でプラスが出て、昨日病院に行って診断されたから、間違いない。現在妊娠六週で、予定日は六月二十七日。それらの情報が公開され、そのたびに歓声が上がった。

もちろん瑠衣も、叫んだり飛び跳ねたり依ちゃんに抱きついたり源ちゃんと握手したり、「男の子と女の子、どっちがほしい？　このこのー」と源ちゃんを肘でつついたりした（「どっちもほしい」という答えだった）。若いふたりとあたらしい生命《いのち》のために嬉しく思う気持ちに嘘はなかった。ただ、「うわあっ」は瑠衣の中で荒れくるって、その結果なぜか、目の前のおめでたくてハッピーな光景の向こうに、瑠衣はべつの光景を見ていた。

自分の笑い声を、まず思い出す。

耳障《ざわ》りな声だった。うるさいな、黙れ、と自分自身に腹を立てながら。あの日の瑠衣は笑い続けていた。

十五年ぶりにクラス会が開かれるということを、瑠衣は偶然知ったのだった。新橋のクラブに歌いに行く前、ちょっと時間があったので三越《みつこし》をぶらついていたら、「森田さんじゃない？」と声をかけられた。しばらく立ち話をするうちに、中学で同じクラスだった女子だと思い出した。瑠衣から見れば何事もそつなくこなす感じの「主流派」に属している子だったから、中学時代はもちろん交流はなかった。

「クラス会のお知らせ、届いた？」

彼女の両手に、三歳くらいの男の子と、五歳くらいの女の子の手が繋がれていた。子供たちが動くせいで彼女も始終グラグラ揺れていたけれど、家来を従えているみたいでもあって、何だか妙に強そうに見えた。クラス会の知らせは届いていなかった。瑠衣の波瀾万丈《はらんばんじょう》の人生に、ハガキが追いつかなかったのだろう。教えてくれてありがとう、行くよ、絶対行く、と瑠衣は、ラズベリー色の口紅を塗った唇をぎゅうっと動かして笑顔を作った。

それはただの社交辞令だった。クラス会に行くつもりなど毛頭なかった。中学時代にもあのクラスにも、何の思い入れもなかったから。けれども教えられたその日が近づくにつれ、行かなければならないような気持ちになってきた。行かないと、あの強そうに見えた子に負かされたことになる、となぜか思った。その点では——あとからわかったことだが——照子がクラス会に来た理由とほとんど似たようなものだった。

当日、瑠衣は、ときどきステージ衣装にすることもある、体の線をバッチリ見せつける赤いニットワンピースに、カラフルな玉を繋げたネックレスを幾重《いくえ》にも巻き、ラズベリー色の口紅をいつもの一割り増しくらいこってり塗って唇を大きく見せて、クラス会に参戦した。そしてずっと笑っていた。聞かれれば、何でも答えた——全部は答えなかったけれど。最初の結婚をしているときに大恋愛して駆け落ちした。それだけしか明かさなかったし、それ以後のことは言わなかった。

会の終わりに照子を助けたのは、彼女に絡んでいた酔っ払い男が喚《わめ》き散らしている汚い言葉にがまんできなくなったからだったが、そいつ——中学時代から、面と向かっては何も言えないくせに、廊下などで瑠衣とすれ違うたびに舌打ちするいやなやつだった——を突き飛ばした瞬間に、瑠衣の中で何かのタガが外れた。照子を連れて店を出て、宮益坂《みやますざか》のビル地下にある薄暗いバー——そこのウェイターが、ときどき瑠衣の歌を聴きにくるという縁があった——のボックス席に並んで座って、照子がポツポツと彼女の暗黒の結婚生活について話すのに憤怒《ふんぬ》の声を上げているうちに、そのタガはいよいよ外れてきて、気がつくと目の縁《ふち》に涙が盛り上がっていた。

「森田さんみたいに、駆け落ちでもできればいいんだけど。そういう相手も、勇気もないのよね」

瑠衣の目から水滴がテーブルの上に落ちたことには気づかない照子が、そう言った。

「駆け落ちした人、死んじゃったんだ」

瑠衣は言った。あらたな涙がテーブルに落ちて、今度は照子も気がついた。

「死んじゃった？」

「去年。交通事故で。ばっかみたい。四年しか一緒に暮らしてないんだよ。あたし、夫も子供も捨ててきたのに」

「子供？　森田さん、子供がいるの？」

うわああんと、瑠衣は泣いた。人前で泣いたのも、冬子《ふゆこ》のことを明かしたのも、そのときがはじめてだった。


冬子。

冬に生まれたから冬子。瑠衣が提案して、最初の夫だった人が、賛成した。あの頃は幸せだった。夫のことはそろそろ物足りなくなっていたのだが、きらいになったわけではなかったし、子供の父親と母親として、うまくやっていけるだろう、と思っていた。

その考えがそもそも間違っていた。夫は瑠衣が自らに課す以上に、瑠衣を母親にしたがった。子供は可愛かったが、夫の言うことなすことに瑠衣は苛立《いらだ》つようになった。ジャズベーシストに惹《ひ》かれたのは、今考えればそのせいもあったのかもしれない。

駆け落ちしたとき、冬子は四歳になっていた。もちろん連れて行くつもりだった。だが、約束の夜には夫の両親が家にいたのだった。訪ねてくることを突然知らされ、どうしようもなかった。義父と義母は冬子を離そうとせず、娘はおじいちゃん、おばあちゃんと一緒に寝ることになった。こっそり家を出ていくことだけで精一杯で、娘を連れ出すことができなかった。あとで迎えにいくつもりでいたが、出奔《しゅっぽん》後は、夫も夫の両親も、冬子を瑠衣に決して会わせようとしなかった。

しばらくの間は、娘を奪取する計画をあれこれと練っていた。でも、その決意は、日々が過ぎるとともに揺らいでいった。自分がしでかしたことを後悔するとともに、娘にどう思われているかが不安になった。こっそり連れ出しに行ったら、おとなしくついてきてくれるだろうか。行きたくないと言われるのではないだろうか。抱き上げたとたんに、悪漢にさらわれるみたいにぎゃあっと泣き出したりしたらどうしよう。

行動を起こせないでいるうちに、ベーシストが死んだ。そのダメージから立ち直り、日常生活と仕事にどうにか戻ったときには、娘にかんする気力はすっかり失われていた。その頃住んでいた西荻窪《にしおぎくぼ》のアパートから徒歩五分ほどの場所で、自転車で帰宅途中だったベーシストが車道から歩道に乗り上げようとして転んで、後ろから来た運送店のトラックに轢かれて死んだのは、自分のせいのような気がしていた。娘を取り戻すともっと悪いことが起きるように思えた。あたしは人間失格なんだ。そんな母親の元であの子は育つべきじゃない、と思っていた。

「今日はイイコトがありました」

その日の、ジョージの店でのステージを、そんな言葉で瑠衣ははじめた。

「どんなイイコトかはまだひみつですけど。気分がいいので、アゲアゲでいきます」

一曲目は「オー・シャンゼリゼ」にした。まさにアゲアゲな曲だ。源ちゃんと依ちゃんの了解をとって、ジョージにもおめでたのことを伝えたので――というかあのふたりは、世界中の人に知らせてOK、という様子だったが――ジョージもアゲアゲのノリノリでギターを弾いた。客席には照子もいて、嬉しそうに手を叩き、「オー・シャンゼリゼー」のところは口をいっぱいに開けて一緒に歌っていた。今日はイイコトがあったから、お祝いに瑠衣のステージを観て帰りたい、と言い出したのだ。源ちゃんと依ちゃんも一緒に来たそうだったが、妊娠がわかって断酒を決意したばかりなので、今日はやめておく、とのことだった。

でも、どうにも調子が悪かった。さっぱり気分がアゲアゲにならない。

頭の中に浮かんでいるのはシャンゼリゼ通りでもなければエッフェル塔でもなく、佐世保市内のアーケード街だった。駆け落ちの日の前日、冬子の手を引いて買い物に行ったのだ。季節は早春で、もったりした空気に沈丁花《じんちょうげ》の匂いが混じっていた。冬子はラーメン屋のおでんを食べたがった。あの町ではなぜかラーメン屋に必ずおでんが置いてあって、温めた鍋の中に串に刺した卵や大根や練り物が入っていた。それを食べるというより選ぶのが冬子は好きだった。昼食を食べてきたばかりだったのに、ラーメン屋の前でおでん、おでんと泣いてぐずるので、仕方なく店の中に入り、顔見知りのおじさんに笑われながら、おでんを一本買った。冬子が選んだのは——じっくり迷った末に、たいていいつでもそれを選ぶのだけれど——うずらの卵が三つ刺さった串だった。危ないから瑠衣が持って、歩きながら食べさせた。はい、お口を開けて。うずらの卵に向かって突き出された小さな唇。繋いだ小さな手から伝わってきた、生意気なほどちゃんとした体温。これが娘と過ごす最後の日になるなんて、思ってもいなかった。

次のイントロがはじまる。打ち合わせ通り「夢見るシャンソン人形」だ。これは日本語で歌う——というか、その昔、この歌を日本でヒットさせたダニエル・ビダルっぽく歌って、盛り上げる。瑠衣は可愛らしく体を動かしながら、舌ったらずの甘い声で歌いはじめた。

「ババア無理すんなー」

客席から声が上がった。今夜の客は、カウンターの端に慎《つつ》ましく座っている照子のほかに、テーブル席にふた組。最近よく来てくれるようになった、町内にある精密機器メーカーの男性社員四人と、もうひと組ははじめて見る顔の男性三人組だった。精密機器グループは三十代から四十代、はじめてのほうは五十代から六十代と言ったところか。声を上げたのは、六十代に見える男だった。

「よけいなお世話ー」

曲に合わせて瑠衣はかるく応じた。長年歌っていればもちろん、こういうヤジは経験済みで、その場合の応答としては「ご忠告どうもー」と「よけいなお世話ー」のふた通りを用意してあるのだが、「よけいなお世話ー」は、機嫌が悪いときに採用することが多かった——というか、この応答を返すと、瑠衣は自分のメンタルがちょっと不調であることに気づくわけだった。彼らはステージがはじまる前から飲んでいて、かなり気炎を上げていた。酔っ払いというものに対して瑠衣は原則的に、世間の人よりずっと甘いけれども、この三人にかんしては、その時からなんとなくいやな予感もあった。

「聞き苦しいっつってんだよう。やめろやー」

男がまた声を上げた。余裕を見せて、半笑いの口調だが、さっきの「よけいなお世話ー」に自尊心が傷つけられて腹を立てていることが経験上、瑠衣にはわかる。しまった。「ご忠告どうもー」でごまかすべきだった。面倒を呼び寄せてしまった。男の連れのふたりは、ニヤニヤ笑ってはいるが、やや居心地悪そうにしている。

空気が悪くなってきた。「どうする?」という顔でジョージが見上げる。精密機器グループは動かなくなった。体を硬くし、やっぱり目だけで「どうする?」と窺い合っているのだろう。そしてカウンターの照子はといえば、窺うのではなく、キッとした強い視線でこちらを見ている。その視線をヤジ男のほうにも向ける。怒っていることが伝わってくる。あっ、立ち上がろうとしている。今日は例の刺青柄のアームカバーは装着してないだろうけれど、あのサービスエリアのときと似たようなことをやりかねない。

「はいはーい」

瑠衣はジョージに目で合図して、伴奏を止めさせた。

「じゃあ何かリクエストございます？　エディット・ピアフでもイブ・モンタンでも、何なりとお好みを……」

「八代亜紀《やしろあき》！」

男はがなった。なるほど、そう来るわけね。瑠衣はげんなりしたが、もちろん顔には出さなかった。「舟唄《ふなうた》」が弾けるかとジョージに聞いた。ジョージは頷いて、弾きはじめた。

「お酒はぬるめの〜」

ダニエル・ビダルになりきることができるのだから、八代亜紀にもなりきれる。瑠衣はこぶしを利かせて歌い出した。カラオケ・タイムはなんでもありだから、客の求めに応じて歌謡曲や演歌のデュエットの相手をすることもある。それを今やっているのだ、と考えることにした。

「やればできるじゃねーか！　いいぞーババア！」

機嫌が直ったらしい男に向かってニッコリ微笑んで頭を下げて、瑠衣はステージから客席に降りた。まずはカウンターの照子に近づき、「しみじみ〜飲めば〜」とサビを歌い上げながら、どうどうというふうに背中を叩いた。照子は瑠衣を見上げた。その顔がひどく悲しげであることに心が痛んだ。瑠衣は唇をぎゅっと動かして笑顔を作った。

友だちはすばらしい。というか照子が友だちであることはすばらしい。照子の存在――あたしが生きているこの世界に、照子も生きているという事実は、間違いなくあたしを励ますけれど、でもときどき、脅《おびや》かされることもある、と瑠衣は思う。照子はときどき鍵になる。その鍵であたしは、今まで知らなかった場所、行ったことがない場所、行きたくても行けなかった場所、行く勇気がなかった場所へ行けるけれど、その鍵は、あたしが見ないふりをしてきた場所に通じるドアも、するりと開けてしまうからだ。


「ねえねえ、それ、着てみていい？」

翌朝、瑠衣は言った。焚きつけにする小枝を集めるために、これからふたりで散歩に出かけようとしていた。自分でもなぜそんなことを言ったのかわからない。

「いいわよ。でも……」

その先は言わずに、照子はすでに羽織っていたダウンを脱いで、瑠衣に渡した。その先はたぶん、「でも、窮屈なんじゃない？」と言いたかったのだろう。

瑠衣は照子の赤いダウンに袖を通した。Lサイズの瑠衣にMサイズの照子のダウンはたしかに窮屈だった。でも、着られないことはない。

「今日はダウンを交換しない？」

照子は不審げに瑠衣を見た。が、質問はせずに「いいわよ」と頷いた。照子が瑠衣のピンクのダウンを羽織ると、その色と照子の体形に対するボリュームとが相まって、奇妙な動物の着ぐるみみたいに見えた。

今日は天気が悪い。曇天にしても、妙に暗い。一段と冷え込んだ感もある。降りそうね、と照子が言い、だね、と瑠衣が返したきり、ふたりは黙々と歩いていた。昨日の「ジョージの店」でのことを、照子が思い出しているのが瑠衣にはわかった。瑠衣自身もそうだったから。

結局昨夜はあれから、延々、演歌を歌わされたのだった。「舟唄」のあとは「北の宿から」「越冬つばめ」「なみだの操《みさお》」……と続いた。あの男と、瑠衣同様にあいつの機嫌をとる必要があるらしい連れたちが、矢継ぎ早にリクエストを繰り出したのだ。見かねたらしい精密機器グループが一度「さくらんぼの実る頃」というシャンソンの名曲をリクエストしてくれたが、瑠衣がそれを歌いはじめると再び男のヤジがはじまったので、彼らはげんなりした様子で帰ってしまった。それで瑠衣はいよいよ、男の要求を受け入れざるを得なくなった。男に逆らって彼らまで店から出ていってしまったら、ジョージに申し訳ないと思ったのだ。そのジョージは、伴奏しながらあいかわらずちらちらと瑠衣を窺っていて、どうするべきか悩んでいるふうだった。瑠衣は例によって唇をぎゅっと動かして、彼を安心させた。客商売としてはがまんのしどころだと考えた——若い頃ならこういう場合、男を追い出すか場合によってはそうする前に自分がマイクを叩きつけて店を出ていっただろうが、今はもう若くないし、お金もあの頃よりさらにない、と。

　そして、照子はおとなしかった。もう腰を浮かしたりはせず、悲しい顔のままじっと、演歌を歌う瑠衣を見つめていた。その夜、一緒に帰るときも、ノンアルコールビールってわりとおいしいわねとか、源ちゃんと依ちゃんは本当に良かったわねとか、そんなことは喋ったが、その夜の出来事については一言も口にしなかった。何よりもそのことで、瑠衣は自分の足に鉛《なまり》の玉が鎖で繋がれているような気分になっていた。

　照子が肩を上下させて、「重いわ、これ」と呟いた。

照子

昨夜からはちみつに漬けておいた大根は、いい具合にしぼんでいた。そのシロップを照子はグラスに注ぎ、お湯で割った。

「飲んでみて。少しでも効けばいいけど」

薪ストーブの前にぺたりと座っている瑠衣に手渡す。瑠衣は無言で受け取り、ちびちびと飲んだ。うん、いい感じ。照子を見上げてそう言ったが、その声はあきらかに掠《かす》れているし、表情もあまり「いい感じ」には見えなかった。数日前から瑠衣は喉《のど》の不調を訴えていて、違和感や痛みが悪化しているようだ。

「風邪《かぜ》じゃないのよね？」

照子も瑠衣の隣に座った。十一月の最後の週に入って、寒さはなかなか厳しくなり、家の中ではストーブの前にいることが多くなった。薪を節約しているせいもあるのだろうが、この家はどうやらサマーハウスとして建てられていて断熱効果があまり高くないようで、ものの本にあるように「薪ストーブだけで家中がポカポカ」というわけにはいかない。

午前十時、朝食はもう終わっていたが、瑠衣はカフェオレを一杯飲んだだけで食欲はほとんどないようだった。

「風邪じゃない。職業病みたいなもん。でも大丈夫、前も同じようになったことあるし。ほっといたらそのうち治ったし」

全然大丈夫ではなさそうな様子で瑠衣は言った。部屋着と寝間着兼用のスウェットの上下に、オレンジ色のモヘアのセーターを重ねている。

「こないだ演歌を歌いまくったのがよくなかったんだよね、へんなふうに喉使っちゃって」

「そうよ、あれがよくなかったのよ」

その件については照子はずっと「よくなかった」と思っていたので、思わず語気が強くなった。

瑠衣は肩をすくめる。満を持して、あのときの男のことを機関銃みたいな勢いで瑠衣が罵倒《ばとう》するのを照子は期待するが、瑠衣は黙っている。

「そういえばさ、あのオヤジ、あれからまた来たんだよね」

何を言うのかと思ったらそんなことを言ったので照子はびっくりした。なんですって？　また来た？　なぜ今まで黙っていたのだろう。

「……それで？　また演歌を歌わされたの？」

「ううん。うるさくリクエストしてきたけど、今度はシャンソンばっかりだった。前回とはべつの人たちと来てて、自分がシャンソンに詳しいって自慢したかったみたいね」

「ほんっとにイヤな人ね、あの人。私ああいう人大きらい。ジョージさんもジョージさんよ。あんな人、追い出してしまえばいいのに」

「まあ、客商売だからね。あのオヤジってそれなりに影響力ありそうだし」

瑠衣は照子をいなすように言い、照子は目を剝いた。瑠衣の言葉とは思えない。影響力? 影響力ですって? そんなものがあるとして、だからどうだというのだろう。

「瑠衣……あなたそうとう具合が悪いんじゃない?」

「大丈夫だってば」

うるさそうに瑠衣は言った。その手は床の上のラグ――押入れの奥から見つけ出した、すっかり色褪《いろあ》せたペルシャ模様のボロ――の毛を、ぶちぶち抜きはじめた。

「あいつ、隣の別荘地の住人なんだよ」

「やだ。そうなの?」

「定年してから夫婦でこっちに定住してるんだって。もうすぐ奥さんの誕生日なんだって。同じ別荘地の定住者を家に呼んで、毎年盛大に誕生日パーティをやるらしいよ」

照子は眉をひそめて黙っていた。あの男のことなど知りたくもない。どうして瑠衣はこんなことを私に話すのだろう。

瑠衣はラグをむしり続けている。

「……でね、あたしに、その誕生日パーティに来て、歌ってくれないかって言うんだよね」

「はああ？」

照子は声を上げた。「はあ？」という応答はテレビで若い人がよくやっていて、寿朗も頻用していたが、照子は大きらいだった。だが今、それの一割り増しバージョンというべきものが、我知らず口をついて出た（人は本当に呆れると、「はあ？」と言ってしまうものなのね、流行り言葉みたいに思っていたけど、「はあ？」はそもそも人間の感情の自然な発露だったのかもしれないわね、と照子は瞬間、考えた）。

「よくもまあそんなことを。どこまでバカにすれば気がすむのかしら」

「でも、一時間で五万円出すって言うんだよ」

「はあああ？」

「あたし、引き受けようと思ってるんだ」

照子は呆気にとられて瑠衣を見た。今度は声も出なかった。それまで、叱《しか》られている子供みたいだった瑠衣が、きっとした顔になった。

「だってお金は必要でしょ。薪代稼がなきゃならないでしょ。お金稼ぐためには、多少のいやなこともがまんしなくちゃ。生きていくってそういうことでしょ」

「……そういうことなの⁉」

照子は混乱しながら、かろうじてそれだけ呟いた。瑠衣の顔がまた一段階険《けわ》しくなった。

「照子にはわかんないのよ。なんだかんだ言ったって、小さいときからついこの間まで、お金の苦労なんかしたことなかったんだからさ。食うために働くなんてこと、したことなかったんだから。ていうかそもそもあんた、働いたことないじゃん」

瑠衣の口調は今こそ機関銃のようだった。その勢いで攻撃しているのは、あの失礼な男ではなくて照子なのだった。照子はわけがわからなくなった。

「……あるわよ、働いたこと」

かろうじてそう言い返したが、椎橋先生のアシスタントをしていたときのことは、労働の記憶ではなく恋の記憶だったから、その口調は弱々しいものになった。瑠衣も、あれが「働いたこと」だとは認めてくれないだろう。

でも、瑠衣はそう言うかわりに、ひどく咳《せ》き込んだ。

「あたし、ちょっと寝るから」

掠れた声でそう言い捨てて、瑠衣は階段を上っていった。

瑠衣の姿が見えなくなると、照子は立ち上がり、ソファに移動した。

部屋の中は一段と寒くなった気がした。それに薄暗い。今日は気が滅入《めい》るような曇天だ。昼間なのに、ロウソクかランタンを灯したくなるほどの暗さだったが、それらの明かりを灯すといっそう気が滅入るように思えた。

ソファの端に置いてあったバッグの中から財布を取り出し、中身をあらためた。千円札が四枚。それに小銭がいくらか入っている。

もちろん、これが全財産というわけじゃない。口座の貯金はまだそんなには減っていない。年金も入ってくる。でも、増える、ということはない。入ってくるより出ていくほうが多いからだ。そのスピードは思っていたよりも速い。収入は年金のほかに、瑠衣が歌で稼いでくれるお金があるけれど、実のところ、そのスピードにはほとんど影響していない。ましてや私のトランプ占いの報酬――これまでで総額三千円――なんて、焼け石に水どころか、焼け石に蚤《のみ》の脂汗といったところだ。

照子にはわかんないのよ。

食うために働くなんてこと、したことなかったんだから。

ていうかそもそもあんた、働いたことないじゃん。

瑠衣の言葉がよみがえった。瑠衣の言う通りだと照子は思った。瑠衣はきっと、私よりもずっと現実的に、お金のことを考えていたのだろう。

私だって、考えていなかったわけじゃない。ただ、今いる場所が楽しすぎて、考えることを先延ばしにしていただけだ――。

照子はちらっと天井を見てから、溜息をひとつ吐き、スマートフォンを操作しはじめた。じつはこれまでにも何度か試みていたことを、今日もやってみた。今日はこれまでとは真剣味が違う。だからうまくいくかもしれない。そう思ったのだが、やっぱりなかなかうまくいかなかった。例の計画を実行に移すしかないかもしれない——。

さらに試してみながら、照子はふとソファの端に目をやった。そこには編みかけの毛糸がある。編んでいるのはケープだそうだ。ケープが出来上がったら、お揃いの帽子も編むのだとか。数日前、一緒に買い物に行ったとき、「毛糸買ってもいいかな」と瑠衣はおずおずと言ったのだった。源ちゃんと依ちゃんへの出産祝いを編みたいのだと。「男の子でも女の子でも使えるように」と、瑠衣はクリーム色のモヘアを選んだ。

まだ編みはじめたばかりだが、きれいに網目の揃った模様編みが並んでいる。裁縫同様に、瑠衣が編みものが得意だというのは意外なことで、同時に照子は切なくもなる。自分自身の娘のためにも、瑠衣はせっせと編んだり縫ったりしていたのではないだろうか。今、ケープを編みながら、そのときのことを思い出したりしているのではないだろうか——。

足音に顔を上げると、階段の途中で瑠衣が幽霊みたいにこちらを見下ろしていた。

「悪いけど、病院に連れて行ってくれる？」

掠れた声で、瑠衣は言った。

いつも行くスーパーの、駅を挟んで反対側にある総合病院まで、照子は車を走らせた。

午後三時で、午後の診療時間の開始直後だったが、耳鼻咽喉《じびいんこう》科の待合室は、ふたりが到着したときにはすでに患者でいっぱいだった。

「あんた、車で待ってれば？　いったん帰っててもいいよ。終わったら電話するから」

「ここで一緒に待ってるわ」

「だってきっとそうとう待つよ。初診だし、予約もしてないし。座るところもないし」

「あ、ほら、空いたわよ」

ふたりと同じ年頃の男性と、その付き添いらしい女性のところに看護師がやってきて、彼らはソファから立ち上がった。照子と瑠衣はそちらへ行き、瑠衣はソファに収まったが、照子はその横の壁にもたれて立っていた。

「座んなよ」

「結構よ。私は病人じゃないもの」

「じゃあ帰んなよ」

「いやよ」

だが結局、照子は瑠衣の隣に座った。なんだか頭がグラグラして、立っているのがつらくなってきたからだ。隣合って座っていても、ふたりともまったく口を利かなかった。瑠衣は声を出すのがしんどいのだろうし、照子のほうは、体の中でむくむく膨らんでくる不安に内側から口を塞《ふさ》がれたようになっていた。

病院に足を踏み入れるのは久しぶりだった。いつ以来だろう——二年ほど前、脇腹の激痛を訴えた寿朗に付き添ったときが最後だったかもしれない。寿朗の腹痛の原因は尿路結石《にょうろけっせき》で、投薬で治ったし、照子自身も幸いなことに、これまでずっと健康だった。それで照子はいつからか、病院という場所のことを意識から締め出していたのかもしれなかった。

今、照子はそこにいた。瑠衣の付き添いとして。壁は薄いピンク色で、ソファは黄土色で、いろんな色の服を着た、様々な年齢の人たちがそこに詰め込まれていた。ソファの合皮と消毒薬が混じった臭いがした。壁にはお知らせの紙がベタベタ貼られていた。情報量が多いのに、ひそひそ声で話している人たちもいるのに、診療の順番を知らせるための呼び出し音がひっきりなしに鳴るのに、しんとした場所。

瑠衣の喉の不調が、大変な病気のせいだったらどうしよう。

こんなに元気がない瑠衣は見たことがない。自分から病院に連れていってほしいと頼むなんて、よっぽど具合が悪いに違いない。前にも同じような不調があってすぐ治ったなんて言っていたけれど、嘘かもしれない。今回はそのときよりずっと悪いのかもしれない。喉だけじゃなくて、言わないだけで、本当はほかにも具合が悪いところがあるのかもしれない——。

病気。

死。

ふたつの言葉が、これまでとはまったくべつの、鋭い刃物みたいな輪郭になって、照子の中を跳ね回った。

もちろん、人はいつかは死ぬ。そんなことはわかっている。でも、今じゃなくたっていいでしょう。照子は天のどこかにいる、神様的な存在——ふっと浮かんだのはすみれ色のベレー帽だったが——に向かって訴えた。私と瑠衣は、これからなのに。

二時間近く待たされた後、ようやく番号が呼ばれて、瑠衣は診察室に入っていった。出てきたのは三十分あまり経ってからだった。ドアが開き、瑠衣の姿があらわれると、照子は思わず涙ぐんでしまった。もう二度と会えないような気持ちになっていたのだ。

「ちょっと……何泣いてんの。まるであたしが不治の病みたいじゃない。え？　もしかしてそうなの？　あたしがいない間に誰かがあんたに言いにきたの？」

照子は泣きながら首を振った。瑠衣の声はあいかわらず掠れていたが、家にいたときよりはハリが出てきたように感じられた。

結局、瑠衣の予想通りだった。

診断は、以前にも見舞われた「声帯結節《せいたいけっせつ》」で、一種の職業病、喉の使いすぎが原因というのも、瑠衣が言った通りだった。瑠衣が白状したところによれば、今回は以前と違ってかなり痛みがあったので、「声帯結節」よりもやっかいな「声帯ポリープ」を心配していたらしい。

「まあ、声帯結節もひどい場合は手術しなくちゃならないみたいなんだけど、とりあえず保存療法で行きましょうって」

家に帰り、葱《ねぎ》とジャガイモのポタージュ——お腹が空いたというので、照子が急遽《きゅうきょ》こしらえた——を啜りながら、瑠衣は医者の見立てを報告した。

「保存療法って？」

自分もスープを啜りながら、照子は聞いた。慌てて作ったにしては、おいしくできたわ、と思う。さっきまでは目眩《めまい》がするほど不安で、涙まで流していたのに、今はスープを作って味わう気分になっていることが嬉しかった。

「なるべく声を出さないってこと」

「出してるじゃない、今」

「喋るくらいはさせてよ。ようするに、炎症が治まるまでは歌うなってこと」

「そうか！　そうよね！　治るまでは仕方がないわよね！」

照子はつい、はしゃいだ声を出してしまった。しばらく歌えないことは気の毒だが、必然的に、あの男のパーティに歌いに行く件も流れるだろうからだ。

「お金のことなら大丈夫。なんとかするから」

瑠衣がいてくれるならなんでもできるわ、と決意をあらたにしながら照子は言った。瑠衣は何も言わなかったけれど、それは「保存療法」に早速取りかかっているせいだろうと照子は考えたのだった。

その週の土曜日、瑠衣はジョージの店でのステージを休む、と言った。

照子はほっとした——病院へ行ってから二日が経って、瑠衣の掠れ声はかなり治ってきており、文字通りの「咽喉元《のどもと》過ぎれば」で、やっぱり仕事に行ってくると言い出しかねないと心配していたからだ。

「私はお買い物に行くけど、一緒に行く？」

誘ってみると、

「今日は家でおとなしくしてる。スーパーで常連さんに会っちゃったりしても気まずいし」

という返事だった。それもそうね。照子はそう思い、その午後、ひとりで車に乗った。瑠衣の様子に微かな違和感はあったのだが、瑠衣は本調子じゃないんだからいつもと違って当たり前だわと考えることにした。

買い物を終えると——今日はキノコ売り場が賑やかで、東京では見かけない地産のめずらしいキノコを何種類か買った——、照子は徒歩で「カリーと酒の店　ジョージ」へ向かい、ドアを控えめにノックした。

カウンターの奥の端に座って本を読んでいるジョージは気づかない。照子はもう一度、強めに叩いた。ジョージはようやく顔を上げ、慌てた様子でドアを開けにやってきた。

「鍵はかかってないんですよ」

「知ってたけど、いきなり開けたら失礼かしらって」

「瑠衣さんは、自分の家みたいな顔で入ってきますよ」

「自分の家のつもりでいるんじゃないかしら？」

ウフフフと照子が笑うと、エヘヘヘと、ジョージも嬉しそうに笑った。ジョージは今日も花柄のシャツを着ている。「花柄」だとしか今まで意識してなかったけど、じつはいろんな花柄を持っているのかしら、それとも同じ柄のを何枚も持っているのかしら。ドアの前で向かい合ったまま、それからふたりともしばらく黙っていた。照子がひとりでここへ来た理由を、ジョージは考えているのだろう。照子は表向きの理由を考えていなかった。

「あの、そのシャツ」

「瑠衣さん、具合どうなんですか」

ふたりの声が揃った。

「あっ、そうそう。それを説明しに来たの。ジョージが心配してるといけないからって、瑠衣に頼まれたの」

ジョージが聞いてくれて助かった。どうぞ、とジョージが——幾らか不審げながらも——言ってくれたので、照子はカウンターの椅子に座った。ジョージは中に入ったが、カウンターの上にはさっきまで彼が読んでいたらしい文庫本があった。サリンジャーの『ナイン・ストーリーズ』。照子は思わず「あら！」と声を上げてしまった。それは家を出るときにスーツケースに入れてきた、三冊のうちの一冊だったからだ。

「これ、すっごく面白いわよね」

「うーん……面白いようなよくわからんような」

照子の前にコーヒーを置きながら、ジョージは頭をかいた。

「あ、でも、ひとつ面白いのがあったな。っていうか、照子さんと瑠衣さんみたいな話がありましたよね」

「〝コネティカットのひょこひょこおじさん〟でしょう？　そうなのよ！　私もあれ、読むたびにそう思ってたの！」

その短編は、久しぶりに再会したふたりの女が、酔っ払いながら思い出話にあけくれる話だった。

「あれも、面白いんだか悲しいんだかわからんけど。あのふたりの、ふたりの間だけで通じる何かみたいなの、ちょっとぐっときますよね」

「そうなのよ、そうなのよ！　ね、その話、今度瑠衣にもしてあげて」

照子の勢いに臆《おく》したように、ジョージはこくこくと頷いた。

「お店が開いてからじゃ、ゆっくり話せないでしょう？　今度うちに話しに来て。私がいないときに」

「いや、照子さんも一緒に話しましょうよ」

「私、こう見えてなかなか忙しいのよ」

ジョージは再び張子《はりこ》の虎《とら》のように頷いた。

「これからも瑠衣をよろしくね」

そう、今日、照子がここへ来た目的は、これを言うためだった。ジョージは戸惑い顔で、こちらこそ、と返した。

「照子さんも、どこか具合が悪いんですか」

「いいえ、元気はつらつよ。どうして？」

「いや、なんか遺言みたいな言いかただから」

「まさか。でも、そうね、強《し》いて言うなら、生前葬のご挨拶みたいなものかしら」

「生前葬のご挨拶……」

ジョージはさっぱり意味がわからないようだった。照子はコーヒーを飲み干すと「ごちそうさま」と微笑んで席を立った。店を出てから、瑠衣の容態についてジョージに説明するのを忘れていたことに気がついた。まあいいわ。きっとジョージは自分で瑠衣に電話をするわ。瑠衣から彼にかけるかもしれない。そのほうがずっといいわよね、と照子は思った。

といって照子の決心は、その時点ではまだはっきりと固まっていなかった。固まったのは、家に戻ってからだった。瑠衣がいなくなっていた。そしてテーブルの上に、走り書きのメモがあった。

仕事に行ってきます。L

照子はジョージに電話をかけた。瑠衣が行っているかどうかたしかめるためではなくて（そもそもあの店に行くには早すぎる時間だ）、あの男の住所を聞き出すためだった。ジョージは彼の名前と、別荘地名を知っていた。展望台のすぐ横だって自慢してたよ、でもなんで？　なんかあったんですか？　なんでもないの、ちょっと届けるものがあるのよと照子は言った。それから、買ってきた食材を床の上に放り出したまま、さっき降りたばかりの車に再び乗った。

瑠衣が言っていた通りそこは隣の別荘地で、車なら十分とかからない距離だった。でも徒歩なら、だらだらした上り坂を三十分は歩かなければならない。瑠衣はタクシーを呼んだのだろうか、それとも節約のために歩いたのだろうか。いずれにしても、瑠衣は最初から行く気だったんだわ。照子はいろんな感情で頭が破裂しそうだった。

管理事務所の前に別荘地内の地図があったので、展望台を探した。展望台は二箇所あって、最初に向かったほうの周囲はひっそりとしていたが、ふたつ目の展望台の手前に、車が三台停まっている家を見つけた。照子は路肩にBMWを停めて、敷地内に入っていった。スウェーデンふうの、黄緑色の壁に白い窓枠を配したその家――いかにも彼の家らしいわ、と照子は忌々《いまいま》しく思った――に近づくにつれ、家の中の声が聞こえてきて、笑っているのはまぎれもなくあの男の声だった。瑠衣の声は聞こえない。

照子は呼び鈴《りん》を鳴らした。何しろ頭が破裂しかかっているので、ジョージの店のときとは違って、ボタンを連打した。ドアを開けたのはあの男だった。なんという名前だったか――ジョージに聞いたばかりなのに、忘れてしまった。名前なんて覚える必要ないわ。男で十分だわ。

照子はそう思いながら、

「友だちを迎えにきました」

と言った。

「え？　友だち？　え？」

照子の迫力に気圧《けお》された様子の男の背後にドアがあり、それが開け放たれたままだったので、照子には室内の様子が見えた。赤々と燃える薪ストーブがあり、その前にソファがある。何人かの客と一緒に、瑠衣はそのひとつに座っていた。「ステージ」はまだはじまっていないのか、あるいは何曲か歌い終えたところか。

「瑠衣！」

照子が叫ぶと、瑠衣はぎょっとしたように立ち上がった。

「なんだあんた。この歌うたいの知り合いか」

態勢を立て直すように男が言った。

「友だちです」

「何しに来たんだ」

「連れて帰るんです」

「何言ってんだ。今日はうちの家内の誕生日なんだぞ。それで雇ったんだ。タダじゃないぞ。ほれ」

男はポケットからたたんだ数枚の札を取り出して、照子の鼻先に突きつけた。なんて……なんて失礼なのだろう。照子はカッとして、それを掴んだ。

それから靴を脱ぎ——土足で上がらないだけの分別はかろうじてあった——、部屋の中に入っていった。そこは現存のふたりの家よりもずっと暖かくて、花やら絵やらシャンデリアやらで装飾された空間で、食べものの匂いが漂っていた。何もかもが腹立たしかった。瑠衣を含むその場の男女が、ぽかんとこちらを見ている前を通り過ぎ、照子は薪ストーブの前まで行った。その扉を開けると、男からもぎ取った札を炉内に放り込んだ。札はあっという間に炎に包まれた。ふん。照子は思った。他愛《たわい》もない。お金なんて、この程度のものだわ、と。

「瑠衣、帰りましょう」

手を引っぱると瑠衣は呆気にとられた顔のまま素直に付いてきた。やっぱり口を半開きにしている男を押しのけるようにしてその家を出た。

「ごめん」

車に乗り込むと、小さな声で瑠衣は言った。

「ばか」

と照子は言った。それきりふたりは喋らなかった。

「降りないの？」

家に着いたとき、瑠衣が聞いた。

「先に入ってて」

瑠衣が車を降りて、家の中に入ったのを見届けると、照子は車を発進させた。


呼び出し音三回で電話は繋がった。照子の心臓は意外に静かなままだった。

「照子。照子かっ」

寿朗の声は上《うわ》ずっていた。照子のほうは、その声を聞いて、いっそう心が静まり返るようだった——微かな罪悪感と、自分はもうこの人の妻をやめたのだという、圧倒的な安堵《あんど》。ただ、「照子」と呼ばれるのは新鮮だった。結婚してしばらくすると、彼は照子を「おい」「あんた」「そこの人」としか呼ばなくなっていたから。

「心配かけて、ごめんなさい」

照子は言った。コインパーキングに停めた車の中から電話をかけている。午後六時少し前。固定電話に出たのだから、寿朗は家にいたのだろう。

「何……何を……何をしてるんだっ。今……今どこだ。どこにいるんだっ」

「今、ちょっと遠くにいるの。これから東京へ向かうわ。七時に銀座《ぎんざ》で会えないかしら」

「ぎ、銀座？」

「銀座の、ドイツ料理のお店、覚えてる？　昔、何度か一緒に行ったところ。調べたら、あのお店、まだあるのよ。あそこで七時にお会いしたいの。これからのことを話したいの」

「なんで帰ってこないんだ？　なんで家じゃだめなんだ？　なんで……」

取り乱した寿朗の声を最後まで聞かず、照子は電話を切った。いかにも思わせぶりで、店名も言わないのは不親切このうえないが、しかたがない。自宅から銀座までは、電車でもタクシーでも小一時間はかかる。七時に到着するためには、間もなく家を出なければならない。寿朗は、そうするだろう。そうしなければ、出奔した妻を取り戻す手段はないのだから。


照子はそのまま十五分待って、車から降りた。

ここから先には少し危険が伴う。なぜなら、寿朗に「ちょっと遠くにいるの」と言ったのは嘘で、今、照子は自宅があるマンションのすぐそばにいるからだ。この道は、マンションから駅に向かうとき、徒歩でもタクシーでも通る道ではない。だから、この道を通って自宅に向かっても、寿朗と鉢合わせする心配はないのだが、百パーセントというわけではないし、そもそも寿朗がまだ家を出ていない場合、これから家を出る場合は、照子がマンションに向かうことそのものが危険になってしまう。

照子は、赤いニットのキャップを深く被り、大きなサングラスにマスクという姿で、そろそろと歩き出した。キャップとサングラスとマスクは、途中のサービスエリアで手に入れた。この程度の変装では寿朗をごまかすことはできないだろうけれど、マンションの顔見知りの住人に呼び止められることは避けられるだろう。

マンションに着くと、照子はオートロックキーを操作する前に、インターフォンを押してみた。応答はない。寿朗が家にいるなら、応答しない、ということはないだろう。もちろん、今家を出た、今エレベーターに乗った、という可能性もある。ここからは賭《か》けだ。照子はマンションの中に入った。エレベーターホールを小走りに通り抜け階段で二階まで上がり、そこからエレベーターに乗り、八階で降りた。ドアが開くとき、目の前に寿朗が立っているのではないかとドキドキしたが、誰もいなかった。同じ階の住人にも会うことなく、部屋の前まで行けた。ドアには鍵がかかっていた。照子は鍵をそっと差し込んでそれを開けた。

玄関も廊下も、電気が煌々《こうこう》と点《つ》いている。三和土《たたき》には寿朗の靴が散乱している。暖かい――さっきまでエアコンをつけていたか、つけっぱなしのまま出かけたのだろう。饐《す》えたような臭いが微かにする。空気を入れ替えていないのだろう。ゴミも溜めているのかも。

寿朗の書斎、洗面所、トイレ、寝室、リビングとダイニングの順番で、照子は部屋のドアを開け、寿朗がどこにもいないことをたしかめた。ほっと息を吐く。とにかく、彼は私からの電話を受けて、私に会うために家を出たんだわ。そうするだけの必要性をまだ自分に対して夫が持っているのだと思うと、罪悪感の目盛が数ミリ上がるようだったけれど、必要性と愛情はべつものよね、と考えて、すぐにその目盛を元に戻した。

臭いで予想できた通り、家の中は荒れ果てていた。キッチンのシンクには汚れた食器が溜まり、カップ麺《めん》の空き容器を詰め込んだレジ袋が床の上にいくつも置いてある。テーブルの上にも食器、それに郵便物やチラシの山。ソファの上には脱ぎ散らかしたスウェットやカーディガン。さっきちらっと覗《のぞ》いた寝室や洗面所やトイレなど、あらためてたしかめたくもない。

その中で、寿朗の書斎だけが照子がいたときとほぼ変わっていないように見えた。この部屋はもともと乱雑だった――「治外法権」で、照子の掃除が及ばなかった――ということと、もしかしたら照子の出奔以来、寿朗はあまりこの部屋を使っていないのではないか、という理由が考えられた。というのはつまり、照子がいなければ、書斎にこもってこそこそする必要もないだろうからだ。

照子は書斎の中に入った。この部屋こそが今日、ここまで来た目的だった。探すのはパスワードだった。出奔する日に偶然見つけたトークンを使えるようにするための、彼の隠し口座へのログインパスワード。

じつのところ、照子はたかをくくっていたのだった。これまで、寿朗が使うパスワードは一種類だった。寿朗の頭文字（大文字）の「T」と、照子の頭文字（小文字）の「t」、それにふたりの誕生日を繋げた文字列。照子がそれを知っているのは、彼に言いつけられてお金を振り込んだりカード決済したりすることがあったからだ。もっと複雑なパスワードにしたほうがいいんじゃない？　と何度か言ったが、覚えられないからという理由でずっとそのまま、何にでもこのパスワードを使っていた。四文字のパスワードの場合は、照子の誕生日の数字を入れていた。だから、あのトークンの口座も、同じパスワードで使えるようになると思っていたのだ。でも、だめだった。組み合わせを変えてやってみたが、三回ミスしてログインを拒否されてしまった。

スマートフォンで時間をたしかめる。六時二十三分。寿朗が銀座に着いて、「昔、何度か一緒に行った」ドイツ料理店の名前を思い出し、そこへ辿り着いて、照子を待ち、待つことをあきらめて、ここへ戻ってくるまでにどのくらいかかるだろう。それなりの時間はかかるだろうが、十分というわけでもない。パソコンの前に直行する。運がよければ、パスワードを記した付箋か何かを、パソコンの周りに貼ってあるかもしれないと期待していたが、それらしいものはなかった。貼っていないとすればパソコンの中か。パソコンはスリープ状態になっていて、ロックもかかっていなかったので、易々《やすやす》と立ち上げることができた。パスワードを探して、照子はファイルをしらみつぶしに開いていった。

見つからない。

ファイルは大半が、寿朗が勤め人だった頃の名残《など》りの、仕事関係のもので、そうでなければネットで拾い集めたらしいいやらしい画像だった。約一時間後、照子はうんざりしてパソコンから離れた。寿朗はパスワードをパソコン上には保存していないのだろう。とすれば、紙の上か、すぐに思い出せる記号や数列だということになる。

照子には、山にいたときからずっと考えていたことがあった。でも、それを実行するにはそれなりの覚悟が必要だった。照子は覚悟した。そして寿朗のデスクの抽斗を探りはじめた。

今度は目的のものをあっさり見つけることができた。照子がいなくなったからというより、照子がいる頃から、とくに隠してもいなかったのだろう。自分の妻が夫のデスクの抽斗を漁《あさ》るような人間だとは、寿朗は夢にも思っていなかったはずだから。ましてやそこにしまってある手帳を盗み見るなんて——照子自身も、そんな真似をしたいなんてこれまで一度も考えたことはなかった。

でも今、照子は寿朗の手帳をめくっていた。それは会社から支給されるダイアリー型の手帳で、右側の袖机の最下段に、二十数冊がまとまって収納されていた。心当たりがある年のものをピックアップして照子はめくった。それらの年は寿朗に恋人がいた期間だった。

もちろん、寿朗は隠していたが、その種のことは探らなくてもわかってしまうものだ。帰宅時間の変化、照子にことさら辛《つら》く当たるようになったこと、かと思えば突発的に「いい夫」を演じたりすること。休日、寿朗が家にいるときにはたびたび、照子が出ると切れてしまう電話がかかってくるようになり、ああ、なるほどね、と照子は思った。交際期間は、たぶん三年前後だった。あるときから寿朗が、「部下の女子社員」のひとりについて、仕事ができないだの化粧が濃すぎるだのと悪し様《あざま》に照子に報告することが続いて、たぶんその部下が彼女なのだろう、ふたりはもう別れたのだろう、と照子は理解したのだった。

その最中ですら、照子は夫の手帳を（もちろん携帯電話も）盗み見ようとは思わなかった。「証拠」を摑んで寿朗を責め、恋人と別れさせるとか、でなければ離婚するとか、そういう成り行きに自分が耐えられる気がしなかった。私には勇気がなかった、と照子は思った。いや、私は自分で自分を閉じ込めていたのだ。寿朗によって閉じ込められているようにあの頃は思っていたけれど、私を閉じ込めていたのは私だったのだ。

それで今照子は、勇気と気力を振り絞って、寿朗の手帳のページをめくり、彼と恋人との記録を探していた。手帳に書かれている文字は、仕事とゴルフのスケジュールばかりだったが、「N」というアルファベットとともに19:30とか、20:00とかの時間が記されているのが、恋人とのデートの予定だろうと推察された。三年分の手帳を、照子はつぶさに調べた。すると三年とも、十月三日だけ、「N」の字が丸で囲んであった。誕生日だわ。照子はそう推理した。自分のでも、寿朗のでもない――恋人の誕生日に違いない。

照子は早速、見つけたトークンの銀行のネットバンキングにアクセスした。パスワード欄に、寿朗の「T」と恋人の「N」それに寿朗の誕生日０８０９と、恋人の誕生日１００３を合わせたものを入れてログインしてみる。「パスワードが正しくありません」。がっかりしたが、アッと思いつき、寿朗の「T」のあとを「n」にして再度入れてみた。大当たり！　考えてみればわかることだった。ほかの口座のパスワードと同じ法則だったのだ。自分の頭文字は大文字で。妻なり恋人なりの頭文字は小文字で。そしてそれぞれの誕生日。

その口座には、約三千万円が入っていた。寿朗の退職金だ。退職金用の口座を寿朗がべつに用意したのは、できるかぎり手をつけないでおこう、というつもりだったのかもしれない。その口座のパスワードに元・恋人のイニシアルと誕生日を使うという心理は理解したくもないけれど、そういうことをしそうだという予想が当たってログインできたので良しとしよう。

そこから先は、計画通りに事が運んだ。少し苦労したが、照子にも知らされていた寿朗のもうひとつの口座を経由することによって、一千万円を自分の口座に振り込むことができた（寿朗がネットバンキングの振込限度額を設定していることが最大の心配だったが、幸い彼は設定していなかった。面倒臭がり屋だから、必要最低限の設定しかしていないだろう、と照子が考えていた通りだった）。少しだけ気持ちが咎めたが、自分にはこのくらいはもらう権利があるはずだ、と思い直した。車に乗ったときは、退職金の半分はもらうつもりだったのだ。でも、ここまで来たら、遠慮の気持ちが働いて、三分の一にした。この遠慮は、私のいいところかしら、悪いところかしら。瑠衣だったら、悪いところに決まってるでしょ、と言いそうねと照子は考えた。

これで、目的は果たした。照子はトークンを元あった場所に戻そうとして、少し考え、持って帰ることにした。寿朗が口座のお金が引き出されていることに気がついて、パスワードを変えるなり口座を解約するなりの対処をするかもしれないが、もしかしたら長い間気がつかないかもしれないし、今後、また必要になるときが――遠慮なんかしていられないときが――来るかもしれない。この用意周到さ（？）は、私のいいところかしら、悪いところかしら。

そうして照子は、寿朗の書斎を出た。玄関に向かおうと思いながら、廊下を進んで、リビングに入った。あらためて、辺りを見回す。

わかってるわよ、照子。あんた、この家の中を片付けたいんでしょう。せめてお皿だけでも洗って行きたい、とか思ってるんでしょう。

照子の中の照子が――あるいは瑠衣が――言った。いいえ、と照子は首を振った。実際、照子はその場から動かなかった。せっせと片付けている自分の幻――あるいは残像――が見えた。あれは以前の私だわ、と照子は思った。ここにいたときの私。おかしな考えだけど、以前ここにいたときの私なら、きっと今、この家の中を片付けはじめるだろう。寿朗のためというより、そうすればゴミやガラクタと一緒に自分の悲しみや不満が消え去るとでもいうように。かわいそうな私。勇気がなくて、自分で自分を不自由にしていた私。でも、私はもう、以前の私じゃないわ。

大きな溜息をひとつ吐き――その溜息には様々な思いがこもっていた――照子は今度こそ玄関に向かった。

午後八時二十二分だった。八時半までは大丈夫だろうと照子は考えていたが、用心のため、エレベーターをやっぱり二階で降りた。

足音を立てないように、階段を降りていく。踊り場まで来たとき、マンション入り口のドアが開く音が聞こえて、立ち止まった。予感というか、ほぼ確信に近いものを感じて、照子は踊り場から頭だけをそっと出して、エレベーターホールを窺った。寿朗が歩いてくる。俯《うつむ》き加減で、首を振っている。ホールに着くと、壁のボタンを押して、エレベーターと向かい合って立った。階段とは直角の向きに顔を向けているので、物音を立てなければ、気づかれる心配はなさそうだ。手にはレジ袋を提《さ》げている。きっと中身はコンビニの弁当とかカップ麺とか——今夜食べるものだろう。ドイツ料理店では何も注文しなかったのだろうか。そもそも辿り着けたのだろうか。寿朗の左足が床をトントン叩く。「チッ」という——照子が大きらいな——舌打ちが聞こえてきそうだ。照子はぎょっとした——自分が涙ぐんでいることに気がついたからだ。奇妙な懐かしさとともに、自分はもう二度とこの人と会うことはないだろうという確信があった。さようなら、と照子は声に出さず呟いた。それは寿朗にではなく、彼の妻だった自分に告げた言葉だったのかもしれない。エレベーターが来て、寿朗は乗り込んだ。

マンションを出て無事に車に乗り込み、発進させようとしたとき、照子ははっと気がついて、スマートフォンの電源を入れた。予想通り寿朗からの数件の着信と、予想以上の数の瑠衣からの着信が入っていた。それを眺めているうちに早速呼び出し音が鳴り出した。

「照子？　照子？」

瑠衣の声を聞いたら、また涙腺が緩んできた。私はもう寿朗の妻じゃない。私には瑠衣がいる。なんて幸せなことなんだろう。

「心配かけてごめん」

「何やってるの？　今どこ？　なんで……」

やりとりの言葉が、数時間前の寿朗とのそれとほとんど同じであることに気がついた。でも、実質は全然違う、と照子は思った。

「これから帰るわ。待ってて」

照子は洟《はな》を啜り上げ、スマートフォンに向かって明るい声を放った。

瑠衣

近づいてくるヘッドライト。

あのときの光景を、瑠衣は何度でも思い返してしまう。

ようやく電話が繋がって、照子の「これから帰るわ。待ってて」という声を聞いた後、瑠衣は何度も家の外に出てしまった。東京から戻ってくるのなら二時間はかかるだろうと思いつつ、一時間を過ぎた頃からはずっと外をうろうろしていた。

そうしてようやく、木々の向こうを走ってくる車のヘッドライトが見えた。車体はまだ見えなかったから、あのライトはこの家の前を通り過ぎどんどん遠ざかっていくかもしれない、とドキドキしながら追っていると、それはいったん木立《こだち》の中に隠れたが、やがてエンジン音が聞こえてきて、照子のＢＭＷがあらわれた。まだまだ安心はできないよ。照子じゃなくて、照子を捕まえた誰かが降りてくるかもしれない。瑠衣はそう思いながら待ちかまえた。降りてきたのは照子だった。ばか照子。もちろん瑠衣は「ばか照子！」と叫んでやった。

ばか照子は、東京の家に戻っていたらしい。なんと、夫の退職金を「いくらか分けてもらう」――照子はしばらく考えた末、その言いかたを採用することにしたらしい――ために。いくらかって、いくらよと聞いたら、一千万円だとのこと。退職金って、そもそもどれだけあったのと聞いたら、一千万よりは多かったわ、少しは残しておいてあげたのよ、と口を尖らせて答えた。何かをごまかしている顔だったけど、とにかく一千万円を自分の口座に移したというのは本当らしい。何の説明もなくあたしをこの家の前に置き去りにして車で出て行ってしまったばか照子は、あたしが死ぬほど心配している間に、映画に出てくる女スパイばりに、そういう活動をしていたというわけだ。

「そんならそうと、なんで言わないわけ？　なんで勝手にひとりで出ていっちゃうわけ？」

瑠衣は怒鳴った。夜十一時、「お腹《なか》がペコペコなのよ」と言いながら、トマトと卵にすいとんみたいなものが入ったスープ――家に入って経緯を説明しながらそういうものをちゃちゃっと作った――を満足そうに啜っているばか照子に。

「瑠衣だって勝手なことしたじゃない」

それが照子の答えだった。照子に黙って、例のオヤジの家に歌いに行ったことだろう。

「じゃあ何？　仕返しだったってわけ？」

「今考えればそうだったのかも。でもちゃんと帰ってきたじゃない」

「当たり前でしょ」

それから瑠衣はキッチンへ行って、鍋の中に残っていたスープを器によそって戻り、照子の向かいに座って啜ったのだった。照子同様、自分もお腹がペコペコであったことにそのとき気づいた。照子の安否が心配で、食事のことなどすっかり忘れていたのだ。スープはおいしかった。温かくてまるい味がした。瑠衣はしばらく夢中で啜ってから、ちらりと照子を見た。やっぱりこちらを盗み見ていた照子が、ニコッと笑った。瑠衣は「フン」と鼻息を返してやった。

ばか照子。

今、瑠衣は総合病院の耳鼻咽喉科の待合室に座って、あの夜のことを思い出している。今日は照子の付き添いはない——瑠衣の喉にかんしては、もう診断がついているし、あとは回復を待つだけだということがわかったので、瑠衣を病院まで送ったあと、「マヤ」で待っている。

瑠衣はあらためて「フン」と鼻息を吐こうとして、その代わりに「ハハッ」と笑ってしまった。しまった。もうしばらくは「フン」でいこうと思っていたのに。

しかしひとたび笑ってしまうと、あとからあとから笑いが込み上げてきた。家に忍び込んで夫の手帳をめくって、恋人の誕生日を見つけてパスワードを割り出すなんて。恋人の誕生日をパスワードにしているなんて最低だし、笑い事じゃないのかもしれないけど、それを話していたときの照子の得意そうな表情を思い出すと、やっぱり笑ってしまう。もういいや。笑い事ってことにしよう、と瑠衣は思う。それに、思わぬ大金を手に入れたわけだし（それについては、まだ今ひとつ実感がない）。

「森田瑠衣さーん」

名前を呼ばれ、瑠衣はニヤニヤしたまま立ち上がった。

診察の結果も上々で、一週間後には無理をしなければ歌ってもいいと言われたので、瑠衣は上機嫌で病院を出た。

駐車場を横切ろうとしたとき、行く手に停まっていた車のドアが開いて、知っている顔が降りてきた。砂川《すながわ》とその妻だった。砂川は、先日の誕生日パーティに瑠衣を呼んだ男だ。そして照子に、五万円を燃やされた男でもある。

ふたりは瑠衣に気づいた。瑠衣は思わず身構えたが、砂川は仏頂面《ぶっちょうづら》で一瞥《いちべつ》したあと、すぐ目を逸《そ》らした。妻は困ったような表情で、ぺこりと会釈した。それで、瑠衣も会釈を返して、彼らの前を通り過ぎた。

砂川のことだから、五万円に慰謝料をつけて返せ、くらいは言ってくるかと思ったが、拍子抜けした。病院に来ているわけだし、どこか具合が悪いのだろうか。その妻については、先日会ったときから、悪い印象は持っていなかった。

あの日。

照子の留守中に家を抜け出し、徒歩で隣の別荘地まで行った。案内図に従って砂川の家に辿り着き、そのドアの前に立ったときには、瑠衣はすでに来たことを後悔していた。

生きていくってそういうことでしょ。照子に向かって言った「ここへ来る理由」を、道中ずっとそうしていたように、ドアの前でも唱えた。でもそのたびに「……そういうことなの？」という照子の呟きが、小さな声なのに強く響いた。五万円は大きいよ。瑠衣は照子に抗弁した。もし、砂川家でのステージがうまくいけば、またべつの機会に仕事をもらえるかもしれないし、ほかの家でも呼んでもらえるかもしれない。なにしろここは山の中で、娯楽が少ないんだからさ。すると照子の声が「……それでいいの？」と呟いた。

やっぱり、帰ろう。瑠衣は決心した――そう、これはぜひとも照子に強調したいところだが、帰ろうとしたのだ。でもそのとき、リビングの窓辺に女性が立っていてこちらを見ていることに気がついた。目が合うと、その女性は困ったようにぺこりと頭を下げた。砂川の妻であることが、なぜかわかった。ドアを開けたのもその女性だった。誕生日なのに、その日の主役だったのに、ドアを開けるために出てきたのだ。こんにちは。今日はごめんなさい。砂川の妻はそう言って、哀しそうな顔で瑠衣を見た。

彼女の名前を瑠衣は知らなかった。「うちの妻」としか紹介されなかったからだ。砂川と同じ年頃――六十代半ばくらい――で、大柄でぽちゃっと太っていて、あの日は終始、哀しそうな顔をしていた。この人なんで砂川みたいな男と結婚したんだろう、というのがそのときまず頭に浮かんだことだったが、彼女の表情は、それは聞かないで、と懇願しているように見えた。あの日、リビングには砂川夫妻のほかに夫婦がふた組いた。瑠衣が部屋に入っていくと、砂川が「歌姫のご到着です～！」と大仰なポーズで紹介し、客たちはパチパチと手を叩いた。

その表情や、砂川のふるまいから、ジョージの店での一件をこの人たちは砂川から聞かされているんだろうなと瑠衣は推測した。砂川以外は、みんなどこか当惑顔で、態度を決めかねているようだった。

これもやっぱり照子に言いたいことなのだが、あの日、瑠衣はあらためて決心したのだった。今日は砂川の妻のために歌おう、と。彼女にとって素敵なバースデーにしよう、と。砂川家のキッチンにはバースデーケーキが待機していて、砂川がそれを恭《うやうや》しく運んできたタイミングで、瑠衣がマリリン・モンローの物真似で、セクシーに「ハッピー・バースデー」を歌うという段取りになっていた。それを皮切りにプライベートのミニ・コンサートを開演するつもりだったのだ。結局、マリリン・モンローの前に照子に引きずられてあの家を出てきてしまったわけだが――。

「マヤ」に到着すると、笑い声がドアの外まで聞こえてきた。その笑い声に自分でもびっくりするほどほっとしながら、瑠衣はドアを開けた。依ちゃんと源ちゃんが、ピョンピョン跳ねながら手を振って出迎えてくれる。例によって「うわあっ」が瑠衣を襲ってきたが、それへの耐性もそろそろついてきた。もとより、「うわあっ」は悪い感覚ではない。幸せと不幸のどちらに近いかといえば、間違いなく幸せに近い。でも、たぶんそのことが、落ち着かなくなる要因でもあるようだった。

「暮れに、依ちゃんのお母さんが来日するんですって」

前置きもなしに照子が言った。えっ、来日？　とっさに意味がわからず、瑠衣はその言葉を繰り返した。

「来日アーティストとかじゃないですよ」

源ちゃんが言った。アハハ。アハハハ。依ちゃんと照子が嬉しそうに笑う。

瑠衣は照子の向かいに座った。例によって、ほかに客はいない。

「私の母、イタリア人と結婚して、シチリアで暮らしてるんです」

依ちゃんが説明した。なるほど、それで来日か。

「つまり……赤ちゃんが生まれるから？」

「お義母《かあ》さんに赤ちゃんが生まれるわけじゃないですけどね！」

源ちゃんがまた混ぜ返し、さっきよりも大きな笑い声が起きた。この三人は、とにかくこの事態が楽しくてしょうがないらしい。

それから競い合うように、口々に説明を追加してくれたのをまとめると、依ちゃんの出産にあたって、依ちゃんのお母さんは助っ人としてやってくる予定なのだが、その場合長期滞在になるので、いろいろ下準備をするための、暮れの来日、ということだった。もっと簡単に言うならば、依ちゃんのお母さんは娘の妊娠の知らせを聞いて、もういてもたってもいられなくなってしまったらしい。イタリア人のパートナーも一緒に来るそうだ。

「それは楽しみだね。依ちゃんも、お母さんも。あとイタリア人も」

瑠衣はそう言ってから、ふと、砂川の妻のことを思い出した。

「イタリア人は、なんて名前なの」

「マッシモです」

「依ちゃんのお母さんは？」

「名前ですか？」

「うん。これからは誰のことも名前で呼ぶことにしたから」

「フユコです」

「フユコ？」

「そう。フユコ・フェラーリ」

「フユコって……」

瑠衣が言いかけたそのとき、ドアが開いた。いらっしゃいませー。依ちゃんと源ちゃんが声を揃える。わっ、と瑠衣は声を上げてしまった。入ってきたのが、砂川とその妻だったから。

ふたりも、瑠衣と照子がいることに驚いている。踵《きびす》を返して出ていくかと思ったが、砂川はへたりこむように、入口にいちばん近い椅子に腰を下ろした。かなり弱っている感じだ。砂川の妻がこちらに向かって目礼した。瑠衣は思わず照子を見たが、照子は先日のことなどなかったかのようにすましてて会釈を返した。砂川にあらたな攻撃を加える気はないようだ。

それでも、気まずいのはたしかだった。砂川は無視しようと思いつつ、なんとなく砂川夫妻の会話に耳をそばだててしまう。小声なのではっきりとは聞こえないが、砂川の妻が一生懸命、何かを夫に言い聞かせている気配がある。

「そうそう、クリスマスパーティしようっていう話をしてたのよ」

ややわざとらしいあかるさで、照子が言った。

「ここを貸し切りにして、ジョージさんも呼んで。間に合うようなら、もちろん依ちゃんのお母さまたちも……」

「いいんじゃない」

瑠衣は再び、名前のことを思い出した。依ちゃんのお母さんの名前はフユコ。どういう字を書くのだろう。聞いてみるべきだろうか。

そのときガタンと、椅子を引く音がした。砂川が立ち上がり、ふらふらとトイレに向かっていく。俯いていて、いかにも具合が悪そうだ。

「大丈夫?」

瑠衣は思わず、砂川の妻に聞いた。砂川の妻は、あいかわらずの哀しげな顔で頷いた。

「お腹を壊しているんです。精神的なストレスを受けると、すぐそうなるんです。ちょっと調子を崩して医者に行ったら、検査ということになってしまって。こわい病気の可能性もあるって言われて」

「あら、まあ……」

瑠衣と照子の声が揃った。

「あの、失礼ですけど」

瑠衣は砂川の妻に呼びかけた。

「お名前なんておっしゃるんですか」

砂川の妻の名前はみどりだった。

砂川みどり。寝室に帽子と手袋を取りにきた瑠衣は、なんとなくその名前を口ずさんだ。今度会ったら、「奥さん」じゃなくて「みどりさん」と呼ぼう。もう会う機会はないかもしれないけど。

フユコ。

それから、その名前が浮かんできた。フユコ・フェラーリ。依ちゃんのお母さんの名前だ。フユコはどういう漢字なのか、聞きそびれたままになっている。布由子《ふゆこ》かもしれないし、芙優《ふゆ》子《こ》かもしれない。富裕子《ふゆこ》だってありえる。仮に冬子だったとしても、それがあたしの冬子であるはずはない。依ちゃんのお母さんがあたしの娘だなんて、そんな偶然、そんな都合がいい話があるものか。

それでも、どうしても考えてしまう。依ちゃんはいくつだっけ。二十三、四？　二十四としよう。私の冬子は今年四十九歳になるのだから、フユコ・フェラーリがもしも私の冬子だったとすると、二十五歳のときに依ちゃんを産んだということになる。ありえる。年齢的には可能性はある。いやいや……そんな年回りの母娘はこの世にいくらでもいるだろう。照子が適当に選んだ別荘地の近くの町でカフェをやっているのがあたしの孫？　そんな偶然ありっこない。

誰も見ていないのに、瑠衣はひらひらと手を振った。その手が、ふっと止まった。何かが心に引っかかったのだ。別荘地の近くのカフェ……？　いや、そこじゃない。別荘地……？　照子が適当に選んだ……？

窓の外で赤いものが動いている。白の中の赤。昨日の夕方に降り出したみぞれが夜中に雪になったらしく、今朝起きたら外は真っ白だった。車が出せなくなりそうなのでこれから照子とふたりで雪かきをする。赤いのは照子のダウンだ。もう外に出ている。瑠衣はフユコの件を頭の隅《すみ》に押しやって、急いで帽子と手袋を身につけた。

「ひゃあああ」

外に出ると、思わず声が出た。雪はもう止んで太陽が顔を出している。積雪は五センチくらいだが、家を囲む木々の枝という枝がびっしりと雪で覆われて、キラキラ光っている。とてもきれいだ。そしてかなり手ごわい感じだ。

スコップと、大型のチリトリみたいな道具を照子が見つけ出していた。道路から家までの緩いスロープの雪を、照子がチリトリで下に落とし、落ちきらなかったぶんを瑠衣がスコップで片付ける、という分業にした。

「あんた、雪かきって経験ある？」

作業開始後、約五分経ったところで、瑠衣は照子に声をかけた。照子は首を横に振った。

「マンションの前の雪かきは、管理人さんがやってくれたもの」

照子も作業の手を止めて、そう答えた。

「だよねえ」

老人マンションに移る前に瑠衣が住んでいたのはアパートだったが、それでもやっぱり雪かきはしたことがなかった。あれは自然に溶けていたんだろうか、それとも誰かが――たとえば、下の階の大学生とかが――やってくれていたんだろうか。すごい恩恵に与《あずか》っていたんだねえと、瑠衣はしみじみと思った。

「これさ、自然に溶けるんじゃない？」

瑠衣は再び声を放った。作業開始後十分。

「気温が低いから、溶ける前に凍ると思うのよね。凍っちゃったら、今よりもっと大変じゃない？」

息を切らせながら照子が答えた。息を切らせているくせに冷静だ。そしてたしかに照子の言う通りだ。瑠衣は覚悟を決めた。

「道路もやるわけ？」

瑠衣は三度目の声を上げた。開始後三十分。スロープはほとんど土が見えるようになった。

腰が痛い。

「うーん……やらないと、買い物に行けないわねえ」

うげーっ。瑠衣が心の中で嘆いたそのとき、ガタゴト、ガガガ、という奇妙な音が聞こえてきた。スロープの下方にいた照子が、瑠衣がいる敷地の入口まで上ってきた。道の向こうに、黒いジープが姿をあらわした。車の前面に、今、照子が持っているチリトリ的道具を大型にしたようなものを取り付けている。車を走らせながら雪を取り除いているようだ。

「わーっ！　救世主！　正義の味方！」

瑠衣は思わずスコップを放り出し、飛び上がって手を叩いてしまった。ちょっと、瑠衣ったら。照子に腕を掴まれたが、もう遅かった。ジープはスピードを落とし、ふたりの前で停まった。黒いダウン姿の青年が降りてきた。

「おはようございます」

青年は愛想よく挨拶した。

「おはようございます。おつかれ様です」

照子がにこやかに挨拶を返す。瑠衣も慌てて頭を下げた。

「めずらしいですね、冬のご来荘……あれ？」

青年はサングラスを外して、瑠衣と照子を不思議そうに眺めた。

「すみません、池田《いけだ》さんだとばかり……。池田さんもいらっしゃってるんですよね？」

「あ、所用でちょっと遅れておりますの」

照子がしれっと答えた。

「あたしたち、遠縁の者なんですう」

瑠衣もそう言ってクネッと体を曲げてみた。

「あ……そうなんですね」

青年はいくらか不審げに、サングラスを再び装着した。

「池田さんがいらっしゃったら、フルーツケーキのお礼をお伝えください。管理事務所のみんなでおいしくいただきました。また、あらためてこちらからうかがいますが」

瑠衣と照子はニコニコと頷いた。もちろん心の中では、冷や汗をたっぷりかきながら。

拝借している——というのは照子の言いかただ——別荘の持ち主の名前は、「池田さん」であるわけだ。
食料品以外の、個人情報がわかるものが入っていそうな抽斗などは極力開けないようにしていることもあって、今日はじめてそれを知った。管理人の青年は自分たちを見て、池田さんが来ている、と最初は間違えたわけだから、池田さんは、少なくとも池田家の誰かひとりは、年配の女性であるのかもしれない。そして池田さんは、おそらくお手製のフルーツケーキを、毎年管理事務所に届けている——照子が言うには、「管理事務所だけじゃないわね、十個くらい焼いて、お歳暮かクリスマスプレゼントとしていろんな人に送ってるんだと思うわ。カポーティの小説みたいに」とのことだが——人であるわけだ。

「池田さん、おそるべしだね」

「カポーティの小説」は読んだことがなかったが、とりあえず瑠衣はそう言った。

「おそるべしだわね」

照子も頷いた。しかし実際のところ恐れなければいけないのは、池田さんその人ではないことはふたりともわかっていた。ただ、まだその件については話さなかった。


「クリスマスパーティ、やろうと思ってるんだよねー」

それで、とりあえず楽しいことを考えるべく、瑠衣はジョージにそう言う。夜の営業はもうはじまっているが、まだ客は来ていない。ジョージはカウンターの中、瑠衣はカウンター席の端に座っている。

「えっ。どこで。誰と」

ジョージがくわっと目を見開いて聞く。

「源ちゃんと依ちゃんのお店で。あたしと照子と……あんたも来るでしょ？」

「呼んでくれんの？」

「呼ぶ呼ぶ」

「行くよ。何があっても絶対に行く」

いちいち大げさな男だねと瑠衣は思う。あ、もしかして、照子とのロマンチックな聖夜を想定してるんだろうか。

「てか、ここでやってもいいよ。楽器の演奏もできるし、歌も歌えるし。貸切にするよ」

「そうだね、それもいいね」

相談をはじめたところで、扉が開いた。今夜最初の客だ。振り返って瑠衣はびっくりした。みどりさんだったからだ。思わず彼女の背後に、砂川の姿を捜した。

「どしたの？　ひとり？」

「ひとり。……でもいいですか？」

「もちろん」

瑠衣とジョージの声が揃って、みどりさんは瑠衣の隣に座った。白ワインを所望したので、瑠衣も付き合って同じものを飲むことにした。ジョージも、缶ビールを開けた。

「とりあえずカンパーイ」

何に乾杯なのかわからないまま瑠衣は音頭《おんど》をとった。三人はグラスと缶をカチンと合わせた。

「今日は砂川さんは？　あとから来るの？」

瑠衣が聞くと、「来ません」とみどりさんはぼそっと答えた。ひとりでバスで来たらしい。

「検査の結果、もう出たの？　悪かったの？」

「悪くなかったんです」

「あら……」

てっきり悪かったのだと思った。それで、相談というか慰めを求めて、ここへ来たのだと。

「先に受けていた検査の結果が今日わかったんです。夫は自分は絶対肺がんだ、もうだめだって早々に絶望してたんだけど、違ったんです。息苦しい感じがするのも、声が掠れるのも、たぶん老化のせいでしょうって、先生が」

「なーんだ。よかったじゃない。じゃあ今日はお祝い？　あれ？　でも砂川さんは来ないんだよね？」

「来ません。今頃私のこと、捜してると思います。私がいるって絶対彼は思わないところに来たんです」

瑠衣はジョージと顔を見合わせた。

「ケンカ？」

とジョージが聞く。みどりさんは首を横に振る。

「夫があんまり大騒ぎするから、私もその気になってたんです。ああ、この人死んじゃうんだなあって。でもどうやら当分死なないことがわかって、そしたら、がっかりしちゃって」

うんうんと、瑠衣は頷いた。自分がみどりさんでも、そうなる気がした。

「自分が、そりゃあもうがっかりしてることがわかって、なんだかなって。死んじゃえばいいとまでは、思ってないんですよ。でも……結局この先ずうっと、あの人と一緒なのねって思ったら……」

「ここで飲みたくなったってわけだね。いいじゃん、飲もう飲もう」

瑠衣はあらためてグラスを掲げた。

ほかの客が入ってくるまでに、四十分ほどあった。その間に瑠衣は、「ある友だち」の話をした。その友だちもね、自分の夫にもうどうにもがまんならなくなってね、ある日飛び出したんだよ、家を。そりゃまあ、そのあと何もかもうまくいきましたってわけじゃないけど、とにかく楽しそうだよ彼女は。うん、あたしが今まで知っていた彼女の中でいちばん楽しそう。生き生きしてる。彼女の歳？　えーと、あたしよりちょっと上くらいかな（ここは、少し盛った）。

それから瑠衣はステージに立ち、途中、みどりさんのリクエストで「シェリーに口づけ」を歌った。みどりさんは若い頃、ミッシェル・ポルナレフのファンだったそうだ。ステージのあとまた彼女の隣に瑠衣は戻って、そんな話を聞いた。そして終バスの時間に合わせて帰ることにしたみどりさんの背中に「ねえ、クリスマスパーティにおいでよ」と瑠衣は声をかけた。

キャーッという声が聞こえて、瑠衣と照子は窓辺に立つ。

信じられないことにあれからまた雪が降った。今朝は十五センチは積もっている。数日前に必死で雪かきしたスロープが、きれいに真っ白に戻って、「さあ雪かきしましょう」と、瑠衣も照子もまだ口にしていない。

声は、子供のものだった。前の道の上のほうで、橇《そり》遊びをしているらしい。黄色いジャケットを着た子供が、赤い平べったいものに跨《また》がって滑り降りてくるのが見えた。

「橇遊びができるくらい積もってるわけだね」

「そういうことね」

そしてまた沈黙が訪れた。うん、ようするにここは雪国なんだねと瑠衣は思う。雪国としての本領が、これから発揮されるわけだ。

子供は元気だ。橇を抱えて雪を漕《こ》ぎながら坂を上っていく。子供の姿が見えなくなると、入れ替わりのように降りてくるものがあった。やっぱり橇だ。子供のものよりずっと大きくて、何かを積んだ上にカバーが掛けてある。橇の上に人は乗っていない。人が橇を引いている。フードつきの黒いマントみたいなものにすっぽり包まれた小柄な人で、瑠衣はなんとなく「笠地《かさじ》蔵《ぞう》」を思い出した。

その笠地蔵と橇は、瑠衣と照子の「拝借している」家の敷地内に入ってきた。ふたりは、バタバタと階下に下りた。

ドアを開けると、その人はフードを脱いでニッコリ笑った。頬《ほ》っぺたを真っ赤にした静子さんだった。

「ごきげんよう。薪を少しお持ちしましたの」

つまり、橇の上のカバーの下は薪らしい。

「というかね、橇で薪を運ぶ、っていうのをやってみたくて。せっかく積もったことだし」

「まあまあ……それはご親切に。とにかくお入りになって。温かい飲みものを作りますから」

照子が言ったが、静子さんは首を横に振った。

「家に戻ってすることがありますから。お気持ちだけでじゅうぶん」

静子さんがさっさと橇から薪を下ろしはじめたので、瑠衣と照子も慌てて手伝った。さほどの量はなかった。というか、静子さんには申し訳ないけれど、わざわざ雪の中を持ってきてくれた意味がわからないほどの量だ。この前、私たちが十分な端材を手に入れたことも知ってるわけだよね。っていうか、あれ？　ちょっと待って。静子さんにあたしたちの家の場所を教えたっけ？　教えてないよね。どうして彼女はこの家にあたしたちがいるって知ってるわけ？

ちらりと照子のほうを窺うと、同じことを考えているのだろう、むずかしい顔をしている。

「あ、そうそう」

薪をすべて下ろし終わると、静子さんはふと思いついた、というふうに言った。

「昨日、所用で管理事務所に行きましたら、管理人さんが池田さんのことを気にしていました。ほら、あの、フルーツケーキの池田さん。うちにもお送りくださいますのでね、存じ上げてますの。池田さんの家に遠縁だっていう女性がふたり来てるんだけど、池田さんはどうしたのかなあって管理人さんがおっしゃるので、外国旅行中らしいですよってお答えしておきました。あまり適切な答えじゃなかったかもしれませんけど、咄嗟《とっさ》だったので……。しばらくの間はそれでどうにかなると思いますわ」

それじゃ、ごめんくださいませと会釈して、静子さんは空になった橇（というか、空になってわかったのだがそれはどうやら、照子が敷地内で見つけたのと似たような、大型のチリトリ的なものだった）をずるずる引きずって、スロープを下っていった。その後ろ姿を瑠衣と照子はなんとなく無言で見送った。瑠衣には――たぶん照子にも――いくつかのことがわかった。照子と瑠衣が「不法侵入者」であることを、たぶん、どうしてだか、静子さんは気がついていたこと。静子さんが今日ここまで来たのは、薪を分けてくれるためというより、池田さん情報を知らせてくれるためであったこと――「しばらくの間はそれでどうにかなる」かもしれないけれど、危機が迫っていることを注告するためであったこと。

瑠衣は思わず駆け出していた。

静子さんは雪に慣れているのか、もうスロープを下りきり、道を上りはじめていた。静子さーん。瑠衣は叫んだ。振り返って足を止めた静子さんのほうへ、雪に足を取られながら、よろよろと近づいていく。

「クリスマス！」

頭上の枝々が、ふいに激しくきらめいた。

とが何かのスイッチになって、瑠衣はある合点をした。粉砂糖をまぶしたように雪をかぶった

静子さんはニコニコしながら頷いた。その瞬間、そのこととは無関係に、でもたぶんそのこ

「クリスマスパーティやるから。来て。絶対来て。お願い」

静子さんはニコニコしながら繰り返した。

「クリスマス？」

「静子さんのこと、クリスマスパーティに誘ったよ」

もらった薪を家の中に運び込みながら、瑠衣は照子に報告した。

「いらっしゃるって？」

「ニコニコしながら頷いてたけど」

「みどりさんも呼んだのよね」

牛乳を小鍋に注ぎながら、照子が言った。カフェオレを作るつもりだろう。

「うん。なんなら砂川オヤジも呼ぼうかと思ってるんだけど。もちろん、みどりさんがよければだけど。砂川オヤジが来る気になるかはわかんないけど」

「面白そうね、それ。もし来たら、私、あの人のことちょっと見直すわ」

「そういうこと」

カフェオレが出来上がり、ふたりでテーブルに向かい合って飲んだ。約半分ほど飲み終わるまで、瑠衣は黙っていた。照子もなぜか喋ろうとしなかった。瑠衣はカップをテーブルに置くと、照子をじっと見た。

「あんたさ、何か、あたしに隠してることない？」

照子は目をぐるぐるさせた。

「何かって、何かしら」

「冬子」

瑠衣は思い切ってそう言った。照子は目をぐるぐるさせるのをやめて、瑠衣をじっと見つめ返した。

「依ちゃんの、お母さん」

瑠衣はさらに言った。照子の唇のかたちがゆっくり変化し、照子は静かに微笑んだ。

「隠してなんかないわよ。今、言おうと思ってたのよ」

「ジョージの店」のドアを開けると、吹雪《ふぶき》がゴオッと店内に吹き込んで、カウンターで例によって文庫本を読んでいたジョージはびくっと腰を浮かせた。吹雪にというより、頭からショールをぐるぐる巻きにして黒いゴム長靴を履いた瑠衣の姿に驚いたのかもしれない。

「え？　今日、土曜日だっけ？　え？」

動揺してそんなことを言っている。もちろん今日は土曜日ではなく、吹雪の中、重装備でここまで来たのは、ステージのためではない。照子が車で送ると申し出てくれたのだが、照子のBMWはノーマルタイヤだし、それでなくても今日は運転が不安になるほどの吹雪だしということで、瑠衣は別荘地内にあるバス停から、バスに乗ってひとりで来た。車事情のほかにも、ひとりで来る、というところにたぶん意味があり、照子もそこを尊重してくれたようだった。

「店、休みにしようと思ってたんだよ。こんな天気じゃ、誰も来ないだろ」

「ちょうどいいよ。ふたりで飲もうよ」

時間は午後六時過ぎだった。別荘地に戻る最終便のバスはもう終わっている。

「照子さんも来るの？」

「来ない。この雪だもん」

「えっ。じゃあどうやって帰るんだよ」

「帰らない。一晩中飲み明かすつもりで来たの。どう？　受けて立つ？」

「お……おう」

ジョージは受けて立った。そうこなくっちゃ。瑠衣は、ショールとコート――別荘地で暮らすようになってから、照子から着用を控えるように言われていたお気に入りのフェイクファーのコート――を脱いで、カウンターの奥に置いた。コートの下には大きなバラの形のカットレースが胸元に嵌《は》め込まれた、体の線をあらわにするロングドレスを身につけてきた。コート以上にお気に入りのドレスで、とっておきの日に着ようと思って、ステージでもまだ着ていない。「とっておきの日」というのがどういう日であるのかは、まったく考えていなかったのだが、つまり、こういう日だったわけだ。予想外だが、まあ、悪くはないね、と瑠衣は思う。

「シャンパンで乾杯といきたいけど、ないよね、ここには」

「なめんなよ。あるよ」

瑠衣の出で立ちにあらためて動揺しているらしいジョージは、小学生みたいな口調でそう言って、パントリーから瓶を一本持ってきた。

「シャンパンってヴィンテージものかな」

「ビンテージってことでいいんじゃない? っていうか、いつからあるのよ、それ?」

いつから、どうしてそこにあるのかさえ覚えていないらしいモエ・エ・シャンドンの栓を、ジョージがスポンと開けて、ふたりだけの酒宴ははじまった。

「なんかあったの?」

グラスを打ち合わせ、最初のひと口をそれぞれ飲んだところで、ジョージが聞く。パントリーの中は外と同じくらいの気温なので、モエはよく冷えている。

「あんたって、どうしていつも花柄のシャツ着てんの?」

瑠衣は質問に質問で返した。今日のジョージのシャツはコーデュロイで、辛子《からし》色の地に青いチューリップ柄だ。一枚ではさすがに寒いのだろう、その上に黒いモコモコしたカーディガンを羽織っているのが、まあ自由っていうかこの男らしいっていうか、セクシーだと言えないこともないね、と瑠衣は考えてみる。

「似合うって言われたからさ」

「あら。誰に」

「もうちょっと飲まないと言えないね」

それで、もうちょっと飲んだ。三十分でモエが空き、次は白ワインを開けた。

「なんかあったの？」

ジョージがまた聞いた。

「なんであたし今、こんなところにいるんだろ」

瑠衣は言った。

「嘆いてるんじゃないよ、単純に不思議だって話。九州に骨を埋《うず》めることになるんだって思ってた頃もあったのよ。それが今、こんな雪国で、花柄のシャツの男と飲んでるなんてさ」

「九州にいたんだ？」

ジョージが聞いた。瑠衣は頷く。

「なんか、お腹空かない？　ソーセージかなんか炒めてよ」

「カレー食えよ。カレーの店だぞ」

「カリーの店ね。意外とおいしいんだよね、ジョージのカリーは。どこで覚えたの？」

「もうちょっと飲まないと言えないね」

結局ジョージはパントリーと冷蔵庫をごそごそやって、スパムと豆腐の炒めものを作ってくれた。店の客には基本的に食べものは、乾きもののほかは「カリー」しか出さないのだが、意外に料理が上手《うま》い（照子には負けるが）ということを瑠衣は今日はじめて知った。もちろんあとでカリーも食べよう。夜は長いのだから。

照子が「隠してたわけじゃなくて、今、言おうと思ってた」ことはふたつあった。そのうちのひとつは、瑠衣が考えていた通りのことで、もうひとつが、ジョージのことだった。ジョージが照子のトランプ占いを受けにきたこと。そしてどうやら、あたしに惚《ほ》れてるらしいこと。それで瑠衣は今、ここにいるのだった。本当はジョージと照子をくっつけたかったのだが、照子には全然その気がなさそうだし、ジョージがあたしにイカれてしまったのなら、仕方がない。

いろんな意味で、ジョージの恋心には応えられないけれど、ジョージはいいやつだし、世話にもなったのだから、それなりの気持ちを尽くそう、と瑠衣は考えたのだった。

白ワインももうすぐ空きそうだった。たぶんそのうちジョージは、花柄が似合うと言った人のことや、意外に料理が上手なわけなんかを、話してくれるだろう。そしてあたしもポツポツと話し出すだろう。全部は話すつもりはないけれど、話せるところまで。あたしがいなくなったあと、ジョージがあたしを思い出すときに、なんていうか、細いいろんな水路から本流に辿り着けるように。それがあたしの、ジョージへの気持ちだ。

照子

結局、クリスマスパーティはジョージの店で開催することになった。ようするに、イブの夜、ジョージの店にみんなで集まる、ということだ。店は貸切にはしない。来る者は誰でも拒まない。そういうスタイル。

参加が決まっているのはジョージ、依子さんと源太郎さん、瑠衣と私。たぶん来てくれるのが静子さんとみどりさん。もしかしたら来るかもしれないのがみどりさんの夫の砂川氏。そうして、もし間に合ったら、依子さんのお母さんとそのパートナーもやってくる。

ジョージはカレー（カリー）と、「ずっと使ってないけどたぶんまだ使えるオーブン」で、ローストチキンを作ってくれるそうだ。依子さんと源太郎さんは、手打ちのピザを仕込んでくるとのこと。じゃあ、私は何を作ろうか……照子はダイニングテーブルの上で、考え考え、メモにボールペンを走らせていた。

イブを明後日《あさって》に控えた昼下がりだった。昨日、今日とよく晴れて気温も上がり、雪はずいぶん溶けた。これから、またたくさん降る日があるのだろうけれど。とりあえず、年内の雪の予報はない。ホワイトクリスマスだったらよかったのにーと、依子さんと源太郎さんは残念がっていたけれど、照子と瑠衣にとっては、こと雪にかんしてはロマンよりも利便性――車が走れるかどうか――が重要だった。

ケーキ、と照子はメモに書いた。誰も言い出さなかったから(たぶん、飲むことばかり考えているせいだろう)、これは私が作ろう、と思う。この家にはオーブンはないから、フライパンで。生クリームをたっぷりのせて、フルーツで飾って……クリスマスケーキというよりは、どちらかと言えば、依子さんと源太郎さんへのお祝いケーキになりそうだけれど。それから、何か煮込み料理。このあと買い物に行って、牛スジが手に入ったら、ワイン煮を作ろう。安いワインを二本くらい買って……。付け合わせにマッシュポテトをどっさり。あ、でも、依子さんのお母さんたちはイタリアから来るのよね。和食があったほうがいいかしら。押し寿司とか……もっとあったかいもののほうがいいかしら、じゃあ蒸し寿司を作って、ジョージのところで蒸してもらうとか。依子さんのお母さんって、何か好物はあるのかしら。子供の頃、好きだったものとか……。

それで、照子の視線は無意識に瑠衣のほうへと向いた。瑠衣はリビングのソファに掛けて、せっせと編みものをしている。ここ数日、睡眠時間を削って編み続けているらしい。というのは、瑠衣は、生まれて来る赤ちゃん用の靴下やケープのほかに、参加者全員ぶんのミトンを編む、という無謀な目標を立てているからだ。

だってひとりだけに編んだらえこひいきでしょ。瑠衣が言ったのはそれだけだったが、それだけで照子にはわかってしまった。瑠衣は、依子さんのお母さんの、冬子さんに手編みの手袋を贈りたいのだ。でも、冬子さんにだけ編んだら、ほかのみんなも、冬子さんも不審に思うだろうから、そうならないようにしているのだ。

「気づいてた？」

昨日、照子は瑠衣に言った。

「依子さんの『依』には、瑠衣の『衣』が入ってるのよ。これって偶然かしら。冬子さんからの、瑠衣へのメッセージじゃないかしら」

「気づいてたよ。依ちゃんの名前を知ったときに、なんかあたしの名前っぽい名前だなと思ってたし。あんたの話を聞いたあとで、そのことをあらためて考えてた。たしかに偶然じゃないかもしれない。でも、偶然かもしれない。だって依子って名前を考えたのが冬子だとはかぎらないでしょ。偶然じゃなくて、メッセージも込められてるのかもしれない。でも素敵なメッセージじゃないかもしれない。恨みがこもってるのかもしれない」

「恨んでたら、瑠衣の名前から一文字取ったりしないわよ」

「いいの。考えたってわからないんだから。そうだよ、あたし何にもわかんないんだよ、自分の娘のこと。でも冬子はちゃんと大きくなって、いいことばっかりじゃなかったかもしれないけど、依ちゃんっていう素敵な子を産んで育てて、今はシチリアで暮らしてる。それでいいの。それがわかっただけで、もういいの」

瑠衣がいきなり顔を上げたので、目が合ってしまった。瑠衣はジロリと照子を見上げ、やっぱり首を振った。これは、「もう聞く耳は持たないよ」という意味だろう。照子はコクコクと頷いた。この件にかんしては、昨日、たっぷり話した。照子は瑠衣の説得を試みたのだが、瑠衣の気持ちは頑として変わらなかった。それで、照子も今は納得している。瑠衣がそう決めたのなら、その気持ちを尊重しよう、と思っている。

「編みもの、私も手伝いましょうか？　砂川さんのぶんくらい、私が編んだっていいんじゃない？」

それで、照子はそう言ってみた。瑠衣はやっぱり首を振る。

「編み目が違うとわかっちゃうし。それに全員ぶん、編みたいんだ、マジで」

意外に頑固だ。編み目の違いなんて誰にもわからないわよと照子は思ったけれど、それ以上言うのはやめた。実際のところ、砂川氏のことは、照子は瑠衣のようには許していない。いや、根に持っているということでもないのだが、彼のために手袋を編むのは（瑠衣にはああ言ったけれど）気が進まない。でも、瑠衣は彼のぶんも断固として自分で編むつもりらしい。これは瑠衣の心の広さというより、決意と覚悟のあらわれなのかもしれない。

照子が、「冬子」を捜しはじめたのは、三年前――瑠衣の最初の夫が亡くなったときだった。

瑠衣は、彼の葬儀には「もちろん」参列しないと言った。なぜなら、葬儀に赴《おもむ》けば、冬子に会ってしまうから。そんなの許されないでしょ？　新聞の訃報の欄に喪主って書いてあったのがたぶん再婚した奥さんだろうし。冬子はその人のことをじつの母親だと思ってるかもしれないし。瑠衣はそう言った。私なら許すわ、と照子は言ったが、瑠衣は耳を貸さなかった。というか、早々にその話を打ち切りにした。葬儀には行かないと瑠衣が決めている以上、もう話したくない、という気持ちはわかる。でも、話したくないということは、こだわっている、ということでもあるわ、と照子は考えた。

四十年前、クラス会で再会してふたりだけの二次会をしたとき、大泣きしながら打ち明けた以上のことを、以後、瑠衣は照子にほとんど明かさなかった。照子も、自分のほうから質問するということは慎《つつし》んでいたので、三年前の時点で照子が冬子について知り得ていたことは、瑠衣の最初の夫の苗字が小此木《おこのぎ》であること、つまり結婚して姓が変わるまでは瑠衣の娘のフルネームは小此木冬子であろうこと、冬子の誕生日と生まれ年、生まれ育った場所が長崎県佐世保市であること——くらいだった。そこで照子は、瑠衣の手を借りずに冬子を捜し出すために、熟練の（と、自分では思っている）検索能力を駆使したのだった。

簡単ではなかったが、やがて、小此木冬子さんがアカウントだけ作ってその後ほとんど放置しているツイッターのアカウントに行き着いて、そのフォロワーの中に——といっても、フォロワーは三人だったが——小此木依子という名前を見つけた。そうして小此木依子で検索をかけると、彼女のフェイスブックがヒットして、小此木依子さん――小此木冬子さんの娘にして瑠衣の孫である彼女が、大岬《おおみさき》源太郎さんとの結婚を機に、長野に移住してカフェを開く、という情報をゲットしたのだった。

小此木依子さんのフェイスブックを追ううちに、小此木冬子さんは離婚後、マッシモ・フェラーリ氏と出会って今はフユコ・フェラーリとしてシチリアで暮らしているということがわかった。照子はいったんがっかりしたのだが、でも孫の依子さんは長野にいるわけだ、と前向きに考えることにした。長野は、シチリアよりはずっと近い、と。

私は子供を持たなかったから、母性とか、子供への愛情といったことについてよく知っているとはいえない、と照子は思う。でも、瑠衣のことはよく知っている。瑠衣のことは、きっと誰よりもよくわかっている。だから、冬子に会おうとしない瑠衣の気持ちがよくわかる。同時に、実際は会いたくてたまらないはずだということも。

自分からは会わないと瑠衣が決めているのなら、偶然を用意すればいい。照子は、そう考えたのだった。これは三年前からの、照子の人生のテーマのひとつだったとも言える。まずは偶然、孫に会う。そこからきっと気持ちが解けて、いずれ娘に会うことができるかもしれない。再会しないまま人生を終えるなんて、そんなの悲しすぎるもの。

とはいえシチリアはあまりに遠く、冬子さんに会える日は来るのだろうか、と半ばあきらめていたところに、依子さんの妊娠、冬子さんの来日、という嬉しいサプライズが続いて、天は我に味方したわ、と照子は内心ガッツポーズしていたのだけれど――。

「手が痛い……」

瑠衣が全員ぶんの手袋を編み終えたのは、イブの日の正午過ぎだった。

照子は、瑠衣の手と肩をマッサージしてやった。「あーっ」と瑠衣は吐息のような、雄叫《おたけ》びのような声を上げた。そこに込められている気持ちの全部が、照子にはわかる気がした。

「がんばったわねえ」

リビングのテーブルの上に並べられた八組のミトンを、照子は感動とともに眺めた。黒地にフューシャピンクでチューリップを編み込んであるのがジョージ用、すみれ色の地に、焦げ茶色でカモシカらしき動物が編み込んであるのが、静子さん用。鮮やかな緑の地に、白い花を刺繍してあるのが、みどりさん用。真っ赤で、親指だけ黒い糸で編んであるのは、砂川氏用（このデザインについて含むところはないと瑠衣は言ったけれど、大いにあるような気が照子はしている）。源太郎さんには青と黄色のストライプ。依子さんにはフューシャピンクと黄色のストライプ。真っ青な地に白い糸で波みたいな刺繍をしてあるのは、フェラーリ氏に。そして冬子さんへのミトンは明るい黄色で、真ん中に小さな赤いハートの刺繍が刺してあった。

「黄色が好きだったんだよね、あの子。本人はたぶん覚えてないと思うけど」

瑠衣は言った。

「覚えてたとしたって、偶然だと思うよね。ハートもさ。お花やカモシカの刺繡と同じに、ちょっとなんか思いついて刺してみた、って感じだよね」

照子はうんうん、と頷いた。でも本当は、その小さなハートには、瑠衣の思いの丈が詰まってるのよね。その思いを直接本人に伝えるべきじゃないかしら、と思うけれど、口に出すことはやっぱり控えた。

「いい匂いがするねえ」

瑠衣は鼻をヒクヒクさせた。前日、瑠衣がせっせと編んでいる間に照子はひとりで買い物に行き、今日の午前中に料理の仕込みはほぼ終えていた。

「クリームシチューよ。味見する？」

「えっ。クリームシチュー……」

ワイン煮をやめてクリームシチューを作ることにしたのは、それが子供の頃の冬子さんの好物だったと、瑠衣から聞いたからだった。

照子より先に瑠衣が立ち上がり、キッチンへ行った。わあっという声が聞こえてくる。

「どう？　おいしい？　再現できてる？」

クリームシチューには玉ねぎ、人参《にんじん》、じゃがいも、ブロッコリーのほかに、大きなミートボールがゴロゴロと入っている。人参は、瑠衣が作るそれに入っていたのは花型人参だったそうだが、照子は星型にくり抜いた。ぴったり同じだと偶然とは言い張れないし（言い張らなくてもいいんじゃない、と照子はやっぱり思うわけだが）、星なら、クリスマスっぽくもあるから。瑠衣からの返事はなかった。まだ食べてるのかしらと思いながらキッチンへ行くと、瑠衣は調理台に置いたシチューの鍋の前で俯いていた。

「再現できてない。こっちのほうが、断然おいしい」

俯いたまま瑠衣はぼそぼそと言った。

「泣くくらいなら……」

と照子は言いかけてやめた。

「泣いてないし」

と瑠衣は言って、星型の人参をお玉ですくって、ぱくりと口に入れた。

もちろん照子も、全員ぶんのクリスマスプレゼントを用意した。瑠衣ほどには手間がかかっていないけれど、ちゃんと考えて、選んだつもりだ。

静子さんには、ここへ来るときに持ってきた三冊の本のうちの一冊――サリンジャーの短編集『ナイン・ストーリーズ』を。百円ショップで買ったすみれ色の厚紙でしおりを作って、それを、とくにお気に入りの一編「コネティカットのひょこひょこおじさん」のページに挟んだ。みどりさんには、刺青柄のアームカバーを。その効力を照子はあまり発揮させることができなかったが、みどりさんは活用してくれるかもしれない（「遠目が肝心」という点をカードに書き添えておこうと思う)。砂川氏のためにはこれも百円ショップで小さな鉄のフライパンを選んだ。願わくば彼がそれで、みどりさんのためにホットケーキや目玉焼きを焼く日が来ますように、という願いを込めて。もしも砂川氏がクリスマスパーティに姿を見せなかったら、フライパンもみどりさんにあげようと思っている(頭に来たときにそれも活用してみて、というひと言を添えて)。

源太郎さんには、バフ色のハンチング。量販店で買った安価なものに、紺色の糸で「G」の刺繡を入れた。フェラーリ氏には、同じ店で買った黒と白のタンクトップで、こちらは胸元に錨《いかり》の刺繡(照子にとっての「シチリア」とはそのようなイメージなので)。ジョージには黒地に赤とピンクのダリアのような花が散っているシャツを、やっぱり量販店で探し出した(奇《く》しくも、瑠衣が編んだミトンと同じような配色だ)。依子さんと冬子さんには、それぞれお皿にした。本同様に、ここに来るとき選んで持ってきたお気に入りのお皿だ。依子さんには、フランスのサルグミンヌの花柄の小皿を。冬子さんには古伊万里《こいまり》のざくろの絵付けのを。どちらもアンティークショップで手に入れて、とても大事にしていたものだから、手放すことに躊躇《ためら》いがないわけではなかったけれど、譲りたいと思う人ができたのは嬉しかったし、これからはどんどん身軽になりたい、という欲求もあった。

クリームシチュー、鯛《たい》の押し寿司といなり寿司、野菜のペーストとクリームチーズで作った三層のテリーヌ――ジョージの店に持っていく料理は、結局そういうラインナップになった

——を少しずつ摘《つま》んで、「試食」兼、軽い昼食にした（料理の出来栄えについては瑠衣から満点をもらった。「あんたって、ここぞというときにはいなり寿司を作るよね」という言葉も）。ケーキは試食できないが、こちらも完成していて、眺めながら料理を食べた。

それからそれぞれ、ラッピングに取りかかった（包装紙とリボンも百円ショップでたくさん買っておいた）。出来上がると、ふたりで満足げにそれらを眺め、そのあとはいよいよ大掃除に取りかかった。

箒《ほうき》で床を掃き、雑巾《ぞうきん》掛けをし、水回りもできるかぎりピカピカにした。ストーブの中もきれいにしておきたいところだったが、さっきまで薪を焚いていた炉内はまだ熱かったから、これはあきらめた。ベッドのシーツと枕カバーは、昨日のうちにコインランドリーで洗濯しておいた。アイロンがかけられないのが残念だったが、手でできるかぎりシワを伸ばしてベッドメイクした。元からこの家にあった缶詰類には、結局手をつけていなかった。その缶詰類が入っている戸棚に、桃の缶詰ひとつと、ちょっとだけ上等なオリーブオイルをひと瓶、加えておいた。

どうすることもできなかったのは、ドライバーでこじ開けてしまった玄関ドアの鍵で、これは照子にとっては——瑠衣は「そんなのどうってことないわよ」という意見だったが——心残りだった。結局、表から南京錠を取り付けて、その鍵を静子さんに預けていくことにした（彼女へのプレゼントの中に手紙と一緒に同封した）。壊した鍵をあらたに取り付けるためのお金を置いておくべきかどうかについて、瑠衣としばらく議論を交わし、三万円を置いていくことに決めた。瑠衣は財布から出した札を包装紙で包んで、マジックで謝罪とお礼をしたためた――「鍵、壊してしまって申し訳ありません。素敵なお家をしばし拝借しました。すばらしい日々でした。ありがとうございました。T&L」。

何か忘れていることはないか、ほかにするべきことはないか、ふたりはあらためて家の中を歩き回った。そして最後はリビングに戻って、ソファには座らず突っ立ったまま辺りを見回し、顔を見合わせ、また見回して、ほとんど同時に大きな息を吐いた。

ここにいたのは五ヶ月足らずだった。

照子にとってここは別天地だった。あたらしい国であり、いっそあたらしい星だった。包装紙に書いたことは本当だった――埃だらけでカビ臭くてあちこち壊れていて、電気もガスも使えなかった家だったけれど、素敵なお家だったし、すばらしい日々だった。できることなら、いつまでもここにいたかった。でも、もちろんそれは叶《かな》わない。

「この家のこと、きっと一生忘れないわ」

照子が呟くと、

「今、すごくいいこと言ったね」

と瑠衣が言った。

「なんか、あたしたちの一生が、この先まだまだたっぷりあるみたいじゃない？」

「その通りよ。たっぷりあるわよ」

「そうだね、たっぷりあるね」

ふたりはあらためて顔を見合わせ、声を立てて笑った。


照子は、照子のワードローブの中ではめずらしい、真紅のワンピースを着て、パールのネックレスをつけた。瑠衣は濃い緑色のパンタロンに、ラメ入りの黒いトップス。もちろん、パーティのための装いだ。

パーティの開始時間は午後七時だった。

準備を手伝うために依子さんと源太郎さんたちと六時に集合することになっていたが、照子と瑠衣は五時前に店に着いた。

ジョージは脚立に乗って、ガーランドを壁に取りつけているところだった。大きな本物の樅《もみ》の木はもう飾りつけが終わっていて、赤と緑の豆電球をチカチカさせている。カウンターの上には、あとは焼くばかりに成型された丸鶏が二羽、載っている。

「すごい。もうあたしたちがやること残ってないじゃん」

瑠衣が声をかけた。

「ないよ。っていうか、来るの早いよ」

ジョージはガーランドを取りつけ終わり、脚立から降りてきた。大型の灯油ストーブが店内を暖めていたけれど、それにしてもよれよれの半袖Tシャツにデニムという、季節感ゼロの出で立ちだ。ジョージはふたりの出で立ちを称賛した。

「俺もビシッと決めて出迎えようと思ってたのに」

「あらま。それは申し訳なかったね」

照子と瑠衣は、それぞれ提げてきた紙袋の中から、料理を入れたタッパーを取り出してカウンターの上に並べた。そのあとまたふたりで車にとって返して、ケーキを載せた皿とシチューの鍋を運んできた。おおーっ。ジョージが感嘆の声を上げ、パチパチと拍手した。ケーキは、フライパンで丸く平べったく焼いた土台の上に、生クリームをたっぷり絞り出し、冷凍のベリーミックスを甘く煮たものでデコレーションしてある。中央にチョコレートで絞り出した文字は「Merry X'mas and Happy Baby」。

「こりゃあ依ちゃん、喜ぶだろうな」

「依ちゃんより源ちゃんのほうが大喜びするかもね」

「みんな喜ぶよ」

そんな会話を交わす瑠衣とジョージを、照子は少々複雑な気持ちで眺めた。一週間ほど前、ジョージが瑠衣に向ける気持ちのことを照子から聞いた瑠衣は、「カタをつけて来るわ」とひとりでジョージの店へ行った。戻ってきたのは翌日だった。その間のことを詮索《せんさく》する気は微塵《みじん》もないけれど、今、ジョージと瑠衣との間には、これまでにはなかった気配があきらかにある。

一緒に暮らしたいと言ったら、ジョージは喜ぶと思うわ。照子は瑠衣に、そう言った。トランプ占いにジョージがやってきたことを話した日にも言ったし、冬子さんのことで瑠衣の説得を試みたとき、あらためてジョージのことも言った。あんた、あたしを見捨てる気？　と瑠衣は言った（一回目）。あたしが一緒に暮らしたいのはジョージじゃなくて照子だから、とも言った（二回目）。その言葉のどこまでが本音なのかはわからないけれど、実際のところ、照子は嬉しくて、二回目の瑠衣の返答を聞いたときには、思わず涙ぐんでしまった。この先の一生が「まだまだたっぷりある」と思える、というよりそう思いたくなるかどうかは、瑠衣が一緒なら、という条件付きだから。

「料理も、めちゃくちゃ旨そうだなあ。照子さん、うちで働かない？　カリーの店じゃなくてレストランジョージってことで。いや、レストラン照子でもいいよ。〝料理とシャンソンの店レストラン照子&瑠衣〟」

「ふふ、ありがとう」

照子は微笑んだ。

「冗談だと思ってる？　俺、わりと本気なんだけど」

照子と瑠衣は客席に置いていた紙袋をひとつずつ持ってきた。

「これは私たちからみんなへのプレゼント。宛名を書いたカードが挟んであるから、間違えないように渡してね」

照子は言った。ジョージはちょっと不審げな顔になった。

「俺も用意してあるけど……自分で渡すもんじゃないの？」

「あっ、ほら、ジョージがサンタの格好して、配ってくれるのかなって」

すかさず瑠衣が言った。ジョージがニヤッと笑う。

「なんだよ、俺がサンタの衣装用意してるの、知ってんの？」

「あんたのことはお見通し」

「ビシッと決めて……って、サンタの衣装のことだったの？」

三人の笑い声が揃ったときだった。「こんばんはー」という声とともに、ドアが開いた。

振り向くと、女性が立っていた。スキンヘッドに近い短髪でサングラス、赤い唇で、派手な花柄のロングワンピースに赤いファァーのコートを羽織っている。

「依子いますかー？」

女性はそう言ったが、その前にサングラスを外し、だから彼女が誰だかは決定的になっていた。ファッションセンスだけじゃなくて顔も瑠衣にそっくり、と照子は思った。

「もしかして依ちゃんのお母さん？」

ジョージが言った。彼には、依子さんにそっくりに見えるらしい。そうでーすと、女性は瑠衣そっくりの笑顔になった。

「〝マヤ〟に行ったんだけど、あの子たちいなくて。パーティ会場はこちらだって聞いてたので、来てみましたー。あっ、はじめまして、依子がいつもお世話になってます、依子の母の冬子ですー」

冬子さんはそこであらためて、照子と瑠衣の存在に気がついたようだった。

「ジョージです」

とジョージが自己紹介したから、

「音無照子です、はじめまして」

と照子も言った。

「山田幸子《やまださちこ》です」

と瑠衣は言った。ははは、とジョージが笑った。何かのジョークだと思ったらしい。

「瑠衣はステージネームなんだよ」

瑠衣は早口で囁き、ジョージは照子の顔を見た。照子は視線に意思を込めた。ジョージは何かを感じたようだった。

「素敵な友だち、って依子が言ってたのはきっとお三人のことですね」

冬子さんはニコニコしながら言った。「素敵な友だち」のひとりの名前が「瑠衣」であることまでは伝わっていなかったのだろう。

「幸子さんのお洋服、あたしのとお揃いみたいですね。なんか嬉しいなー」

一瞬の間の後、

「だねー」

と瑠衣は言った。

「あたしも嬉しいよ、すっごく」

そのときドアがまた開いた。入ってきたのは依子さんと源太郎さん、そして黒と白のボーダーTシャツに革ジャンという姿の外国人だった（シチリア人に対する私のイメージは正しかったわ、と照子は瞬間、思った）。

「おかあさーん！　お帰りー」

「依子ー！　キャー」

「チャオ！」

「あっ、照子さんたちもう来てるよー」

それぞれの声がいちどきに上がる中、照子は瑠衣から腕を摑まれた。瑠衣は立ち上がり、コートを羽織っている。照子も慌てて倣った。

「あれ、どこ行くの」

ジョージがいち早く気がついた。照子は突然、この店の中だけ時が止まったような感覚に襲われた。一枚の写真を見るように、みんなの顔や、声までもがくっきりと焼きつくような。

「あたしたち、ちょっと買い物しなきゃならないの」

瑠衣が言っている。

「すぐ戻ってくるから、先に飲んでて。戻ったら、がんがん歌うわよ。みんな、リクエスト考えておいて」

もうはじめるのかよ、とジョージが苦笑し、あっチキンだ、と源太郎さんが言い、オーブンを予熱するためにジョージが体を屈め、私も手伝いますと依子さんがカウンターの中に入っていき、フェラーリ氏がイタリア語で何か言い、そして冬子さんが、

「買い物って?」

と呟いた。笑顔が少し曇って、考える顔になっていた。

「幸子さんも、歌う方なんですよね。私の母もシャンソン歌手だったんです」

「あたしたち、偶然ばっかりだね」

瑠衣は冬子さんに微笑みかけた。その顔を、照子はやっぱり、一生忘れられないだろうと思った。行こう。瑠衣はあらためて照子の腕を取った。

「じゃあ、あとで!」

「あとでね」

ふたりは店を出た。ドアを閉める前、「幸子って?」という源太郎さんの声が聞こえた。照子、と瑠衣が呟いた。照子、ありがと、ほんとに。

由奈

空はグレイがかった水色で、海は黒っぽい青、浜辺は白。砂の白さはこの浜の特徴で、地名にもなっている。その白い浜辺の向こうから、赤とピンクが近づいてくる。

ダウンの色だ。赤が照子さんで、ピンクが瑠衣さんだということを、私を含め、この辺りの人たちはもうみんな知っている。瑠衣さんが、ダウンを脱ぐ。片手で持って、頭の上で振り回す。ダウンの下はふたりともワンピースで、あれは先週の日曜日、白浜《しらはま》公園で開催されたフリーマーケットで、うちのお母さんが出した服だ。古臭い花柄のロングワンピースで、こんなの誰も買わないよと私は思っていたのだが、照子さんと瑠衣さんが一着ずつ買って、そしてなんだか似合っていて、全然べつの服みたいに素敵に見える。

「あっついわねー」

あいかわらずダウンを振り回しながら、瑠衣さんが言った。いや……今日はぽかぽか陽気だけど、あっついってことはないでしょう……二月だし。

「由奈《ゆな》ちゃん、第一志望受かったんですって？　よかったわねえ。おめでとう！」

照子さんが言う。ふたりがもう知っていることに私はちょっとびっくりする。きっと母が言いふらしているのだろう。父かもしれない。父はこの頃、瑠衣さんが歌っているスナックによく立ち寄っているみたいだから。

「ありがとうございます」

私は精一杯嬉しそうに言った。実際、めちゃくちゃ嬉しかったのだ、ついこの前までは。ふたりは手を振りながら通り過ぎていった。赤とピンクと花柄の後ろ姿を、私はしばらくぼんやり見送っていた。百メートルくらい離れたところで、瑠衣さんがダウンを羽織るのが見えた。

浜の先に入江があって、そこで明《あきら》と待ち合わせしていた。

岩場の平らな場所に、明はもう座っていた。私が来たことに気がついているはずなのに、こちらを見ようともしない。

「怒っとると?」

私がそう言うと、しかたなさそうに顔を向けた。

「べつに」

「怒っとるたい。全然、何も言わんし。LINEもくれんし」

「そがん毎日話すことないし」

グエーッと濁った声を上げて、海鳥が一羽空を横切った。今日は日曜日だったが、入江にいるのは私たちだけだった。

明はカーキ色のモッズコートを着ていた。昨年のはじめに、町のデパートまで行ってふたりで選んだものだ。あの頃の明と今の明は全然違う。あのとき、私が東京の大学を受験することはもちろん明に知らせていた。そして明は、受かるといいな、応援するたい、と言ってくれていたのに。

「東京に行くから怒っとるとね？」

私は明のそばに立ったまま言った。明が座っている平らな岩はふたり掛けのベンチくらいの大きさで、いつもならそこにふたりでくっついて座る。でも今日は、明が真ん中に座っているから、私は座ることができない。

「だから、怒っとらんて。怒ったってしょうがなかろうもん。もう決めたとやろ？」

「決めたっていうか……だって、受かったから」

「決めてるとなら、俺が言えることとなんて何もなかやろ。東京へ行けばよかたい」

明も東京の大学を受けた。でも落ちたから、第二志望だった長崎の大学に行くことになっている。「ふたりで一緒に合格して、一緒に上京しよう」という約束は叶わなかった。でも、それは私のせいじゃない。

「東京に行ったって、休みには会えるやろ」

明は黙っている。

「ねえ」

「だから、行けばいいって言うとるやろ」

「じゃあ、怒るのはやめてほしか。ちゃんとこっち見て話さんね」

「何様ね、あんたは」

明は突然大きな声を出して、立ち上がった。

「なして出て行く者の機嫌取らんといけんとか。東京行って楽しくやってくださいって、嬉しそうに言わんといけんとか。俺は何も言いたくなか。黙っとることもできんとね？」

明は私を押しのけるようにして、行ってしまった。私の周りの風景の色が、すうっと薄くなっていくような感じがした。


照子さんと瑠衣さんは、「お食事処《どころ》　なかよし」の離れに住んでいる。

「なかよし」の板前さんだったご主人は去年の夏、夜釣りに行って溺《おぼ》れて死んだ。それからずっとお店は閉まっていたのだが、今年になって営業を再開した。そのときには店には奥さんと一緒に照子さんがいて、離れをふたりが借りていて、町のスナック「プリティ・ウーマン」で瑠衣さんが歌っていたというわけだった。

「あのふたりって、姉妹じゃなかとよね？」

家に戻ると母さんのパート仲間の良枝《よしえ》さんが来ていて、ダイニングでかまぼこをつまみながら、やっぱり照子さんと瑠衣さんの話をしていた。最近、この辺りで「あのふたり」と誰かが言い出すときは、照子さんと瑠衣さんのことに決まっている。

「由奈ちゃんおかえり。第一志望受かったんやってねえ、すごかねえ、おめでとう」

「由奈もかまぼこ食べる？　良枝さんが菊屋《きくや》で買ってきてくれたとよ。やっぱあそこのがいちばんおいしかとよねえ」

私に気づいた良枝さんと母が口々に言い、私は適当に返事をして、二階の自分の部屋に上がった。菊屋のかまぼこはたしかにおいしいけど、今は全然、食欲がわかない。

うちは浜から離れているけれど、高台にあるので、私の部屋からは海や浜が見える。私はしばらく窓から外を眺めていた。でも、見たいと思っていたものは何も見えなかった。赤とピンクのダウンも、明の姿も。これまでにも明とは小さなケンカをいくつもした。たいていは私がむくれて彼を置いてひとりで帰って、そういう日に二階の窓から外を見ると、たいていは明が下から、困ったような顔で見上げていた。これまではそうだった。

寒くなってきたけれど、私は窓を開けっ放しにしたまま、壁にもたれて座った。寒いとか、寒いと風邪をひくとか、だからストーブをつけたほうがいいとか、ストーブをつけると暖かくなるとか、そういうことが全部、意味のないことに思えた。同じようにいろんなことがどうでもよくなったことが以前にもあって、それは一昨年の夏、明から告白された日だった（そのときは、暑いとか汗をかくとか、こまめに顔を洗わないとニキビができるとかが、意味がないことに思えた）。でも、気分は百八十度違う。

「ただみたいな家賃で貸しとるらしか。朱美《あけみ》さんが、あのふたりをすっかり気にいってしもうて」

下から声が聞こえてくる。まだ、照子さんと瑠衣さんの話が続いている。

「東京から来らしたとよね」

「そいがようわからんとよ。東のほうとか、遠くからとか、寒いところから来たとか、聞かれるごとに答えが違うらしか」

「そがん身元のあやしか者を店やら家やらに入れたりして心配はなかとやろか」

「最初はみんなそがん言うとったばってん……」

「あれは悪か人たちではなかよ」

座敷で昼寝していたらしい父さんも会話に加わっている。なーん。またあー。母さんと良枝さんが、からかうような声を上げる。この辺りの男の人たちの多くが、瑠衣さんに「イカレてる」と、この辺りの女の人たちの間で評判なのだ。

「目的があって、全国を放浪しとるったい」

父さんは怯《ひる》まず、知ったふうに言う。

「なんね、目的って」

「人を捜しとるらしか。見つけちゃったと、この前言うとったばってんね」

った。

なのだ)。私は窓を閉めた。閉める前にもう一度外を見渡したけれど、明の姿はやっぱりなか

笑った(「〜しちゃった」というのはこの土地の人間にとって、いかにも東京っぽい言いかた

瑠衣さんの言葉をそのまま口にした父親のことを、母さんと良枝さんはあらためてケラケラ

「ちゃった!」

私は、足音を忍ばせて——また、母さんや良枝さんに話しかけられないように——階下に下りた。

廊下の奥にドアがあって、それを開けると短い渡り廊下があり、離れに通じている。

「また来たとか」

私が入っていくと、ばあちゃんが顔をしかめて出迎える。私が行くたびに、ばあちゃんはいつもそう言うのだが、喜んでいることはわかっている。

「じいちゃんは」

「碁会所《ごかいしょ》」

「本、見てもよか?」

「よかよか」

ばあちゃんはしかめっ面をやめて、笑う。私は奥の間へ行った。

ここはじいちゃんの「書斎」ということになっている――いちおう書き物机もある――けれど、実際には書庫といったほうが正しい。十畳ほどの広さがある部屋で、三方の壁が天井まで書棚で埋まっている。

書棚に詰まっているのは、「大おじちゃん」と私たちが呼んでいる人――じいちゃんのお母さんのお兄さん――の蔵書だ。大おじちゃんは歴史学者で、本を何冊も書いた人だったらしい。その影響で、じいちゃんは中学の日本史の先生になった。教師を退職した今は、地元の郷土博物館で働いている。じいちゃんは東京の大学に進学したとき、四年間を大おじちゃんの家で過ごした。そういう縁があって、大おじちゃんが亡くなったとき、大おじちゃんの蔵書の一部をじいちゃんは譲り受け――残りは図書館と大学に寄贈した――この家に運んだのだった。

私が、史学科がある大学に進学したいと言ったとき、うちの家族たちはみんな「遺伝やねえ」と言ったのだけれど、私に言わせれば、子供の頃からこの部屋にいりびたって、かたっぱしから本をめくり、読めない漢字を飛ばしながら面白そうなところを繰り返し読むのが日常だったから、と思える。

私は書棚を見上げ、見慣れた本を眺めた。私の読解力や知識では理解できない本が、まだまだここにたくさんある。大学に行って勉強して、ここにある本を全部読みたい。そしてゆくゆくは、大おじちゃんのように、歴史の研究をして、本を書きたい、というのが私の夢だ。

歴史の勉強は、東京に行かなくてもできるかもしれない。

私はそう考えてみた。地元の大学の史学科にも受かっていた。東京の大学の史学科を受けたのは、この部屋にある本の著者の何人かが、そこで教えていたからだ。でも、地元の大学でもいいのかもしれない。どんな先生に教わったって、私がぼーっとしていれば何もならないのだろうし。私が努力すれば、一生懸命勉強すれば、どこの史学科だっていいのかもしれない。上京する必要がなくなれば、仕送りだっていらなくなるし、父さん母さんだって助かるし。明とは好きなときに会えるし。やっぱり東京には行かないことにした。そう言ったら、明はきっと喜ぶだろう。以前みたいにやさしくなるだろう。

私は離れを出た。

かまぼこ――母さんがさっそくお裾分《すそわ》けしたらしい――とお茶を持ってきてくれたばあちゃんには悪かったけれど、どうしようもなく落ち着かなくて。

まだ三時にもなっていなかった。明と気まずくなってから、時間の経ちかたが遅くなった。明の家に行ってみようか。でもきっと、いやな顔をされるだろう。居留守を使われるかもしれない。そんなことを考えながら、気がついたら、私の足は「お食事処　なかよし」を目指していた。

店がまだ見えないうちに、歌声が聞こえてきた。フランス語だけれど、聞いたことがあるメロディ。「オー、シャンゼリゼー」というサビのところで、ああ、あの歌か、とわかった。

浜に沿った通りに「なかよし」はあって、蔵がある広い中庭を挟んで、斜め後ろに離れがある。中庭に照子さんと瑠衣さんがいた。照子さんは干した鯵をひっくり返していて、瑠衣さんは歌っていた。ふたりはそれぞれしていることを続けながら、私を見た。

「こんにちは」

私はほかにどうしようもなくて、ぺこりと頭を下げた。

「こんにちは、また会ったわね」

照子さんがニコニコし、

「オ～、シャンゼリゼ～」

瑠衣さんが歌いながら、私の周りをくるくる回った。ふたりともなんだか異様に幸せそうで、楽しそうだ。

「あら、やだ」

照子さんが私の顔を覗き込んだ。私はなぜかこのタイミングで泣いてしまったのだ。ありゃりゃ。瑠衣さんも気がついて、そのまま私はふたりに手を引かれて、離れの中に招き入れられた。

ここに入るのはもちろんはじめてだった。六畳間の座敷と細長い板の間があった。板の間には小さな流しがついていて、その横にカセットコンロが置かれ、ミニキッチンふうなスペースになっていた。

座敷には服――主に派手なドレス――がどっさり掛かったハンガーラックと、木製の丸いちゃぶ台のほかには、家具らしい家具はなかった。これ、こないだのフリーマーケットで買ったのよ、掘り出し物だったのよ、と照子さんがちゃぶ台について楽しげに説明した。瑠衣さんが座布団《ざぶとん》を出してくれて、私は座った。しばらくして、照子さんがシナモンの香りがするミルクティーみたいなものと、チョコレートケーキみたいなものを運んできた。

「お店のオーブン借りて、ブラウニー焼いたところだったのよ」

ミルクティーみたいなものは、チャイだと教えてくれた。

「涙、止まった？」

座ったときに涙はもう止まっていたのだけれど、瑠衣さんに聞かれたらまたグズグズしてきてしまった。あらあら。ありゃりゃりゃ。ふたりは慌てた様子だったけれど、私が泣いている理由は聞かなかった。私はしゃくり上げながら、チャイを飲み、ブラウニーを食べた。どちらもすごく甘くておいしかった。

「いいとこだよね、ここ。あったかくて」

瑠衣さんが言った。ふたりもチャイを飲んでいる。「あったかい」というのは瑠衣さんにとって重要なことらしい。

「海辺っていいわよねえ」

照子さんも言った。ブラウニーをひとつ取って、断面――くるみがぎっしり詰まっている

——をつくづく眺め、よしよしというふうに頷いたりしている。

「捜してる人って、誰なんですか」

私は聞いた。本当はべつのことを聞きたかったのだが、まず口に出すことができたのはその質問だった。

「あら。誰に聞いたの」

照子さんが目を輝かせた。

「この人の、昔の想い人」

と瑠衣さんが言った。

「想い人……？」

つまり、照子さんのかつての恋人を捜しに、ふたりはここへ来た、ということだろうか。

「見つかったんですか」

「まあ、ね」

「本人はもう死んじゃってたけどね」

「そんなのわかってたわ。でも、ね。捜してみたかったのよね」

照子さんと瑠衣さんは、顔を見合わせてニヤニヤし、その顔のまま揃って私を見た。捜している恋人がもう死んじゃっていたのに、どうしてそんなに嬉しそうなのだろう。それに、どうしてそんなふうに私を見るのだろう。

「照子さんと瑠衣さんって……誰なんですか」

次に私の口から出てきたのはそれだった。本当は私は、自分がどうして彼女たちに会いに来たのかを知りたかったのだけれど。

「トランプ占い、してあげましょうか」

照子さんが言った。


私が明の家に行ったのは、翌日の夕方だった。

月曜日だったけれど、うちの高校の三年生はこの時期は自宅学習ということになっていて、学校で明と顔を合わせることもなく一日が過ぎていた。

明の家はうちよりもっと高台——山に張りついた住宅街の中にある。坂道と石段を毎日上り下りするけん、ご近所さんは爺《じい》さんも婆《ばあ》さんもみんなマッチョたい、と明は言っていた。そのときの明と自分の笑い声を思い出しながら、私も石段を上がった。

この辺りの家はみんな同じような形をしている。でも、もちろん、私には明の家がすぐ目に飛び込んでくる。明は私の家に来たことはないけれど、私は一度だけ明の家に入ったことがある。去年の冬。明の家族が誰もいない日、ふたりだけで二時間過ごした。こたつに入ってゲームをして、それから、こたつの中で明が私の足をつっついて、私もつっつき返して、それから、明が私をじっと見て、私も見返して、明がそろそろと顔を近づけてきて、私からも少しだけ近づいて、私たちははじめてのキスをした。

二階の右端が明の部屋。その部屋には明かりがついている。一階のキッチンの窓もあかるいから、明のお母さんも（たぶん明の妹も）家にいるだろう。私はドキドキしてきた。でも、逃げ帰る選択肢はなかった。照子さんにトランプ占いをしてもらってから、さっきまでずっと、考えて考えて、ここに来たのだから。

私は大きく息を吸った。

「明！」

窓に向かって呼びかけた。

「あーきーらー！　出てこんね！」

窓が開いた――二階の窓ではなくて、キッチンの窓が。明のお母さんが、私を見て手招きしている。そんなところで怒鳴ってないで、入ってらっしゃい、と言いたいのだろう。私はお母さんにぺこりと頭を下げて、また二階を見上げた。窓が開く。明が顔を出した。どんな顔をしているのか、逆光でよく見えない。

「バーカーヤーロー！」

私は叫んだ。照子さんのアドバイス通りだ。「バカヤローって言ってやればいいんじゃないかしら」照子さんは、私の相談を聞いて、そう言ったのだ。すぐに「あ、カードにはそう出てるわ。バカヤローって言うべし、って」と付け加えたが。

「私、東京に行くから！」

明は何も言い返さなかったし、身動きもしなかった。お母さんがそっと窓を閉めた。私は踵を返し、石段をゆっくりと下りた。


そのあとずっと、明には会わなかった。

誰にも何も言わなかったけれど、クラスメートの美佑《みゆ》や茜《あかね》から、「別れたの？」というLINEが来た。私と明が一緒にいる姿を全然見ないせいかもしれないし、明が誰かに何か言ったのかもしれない。私は、色がなくなった風景の中で、上京までの日を過ごした。

当日は最寄り駅まで家族が見送りに来た（父さんとじいちゃんは空港まで来たがったけど、思いとどまらせた。絶対泣きそうだったから）。結局、父さんとじいちゃんは駅の改札口の前でボロボロ泣いた。母さんとばあちゃんはニコニコしながら手を振った。行ってきます。夏には帰るけん。私もニコニコしながら手を振って、改札を通った。

私はひそかに期待していた――明が来てくれるんじゃないかって。もしかしたらホームにいるんじゃないかって。でも、明の姿はなかった。列車が来てしまい、私は乗った。始発電車だったから、乗客は少なかった。窓際の席に座って、列車が動き出すと、抑えていた涙が出てきた。

海が見えてきた。それから浜も。私は目をこすった。誰かが走っている。こっちを見て、両手をブンブン振っている。

明だ。

私は慌てて窓を開けた。あきらー、と叫びながら手を振った。明には見えているだろうか。明も叫んでいる。なんて言っているのかわからない。でも、叫んでいることはわかる。明が来てくれたこともわかる。

明の姿は、たちまち列車の後方になった。私はずっと見ていた。明の少し後ろに、赤とピンクの人影があった。私は泣きながらちょっと笑ってしまった。いつも笑っている、いつも上機嫌なふたり。あの人たちはどこから来たのだろう。そしてどこへ行こうとしているのだろう。そう思うのは、照子さんと瑠衣さんには、いつでも次の行き先があるみたいに思えるからだった。

私の次の行き先は東京だ。

列車はトンネルに入った。トンネルを出たとき、スマホが明からのＬＩＮＥメッセージを着信した。

祥伝社WEBマガジン「コフレ」にて二〇二一年十一月から二〇二二年九月まで連載され、著者が刊行に際し、加筆、訂正した作品です。

JASRAC 出 2306983-301

あなたにお願い

この本をお読みになって、どんな感想をお持ちでしょうか。次ページの「100字書評」を編集部までいただけたらありがたく存じます。個人名を識別できない形で処理したうえで、今後の企画の参考にさせていただくほか、作者に提供することがあります。

あなたの「100字書評」は新聞・雑誌などを通じて紹介させていただくことがあります。採用の場合は、特製図書カードを差し上げます。

次ページの原稿用紙（コピーしたものでもかまいません）に書評をお書きのうえ、このページを切り取り、左記へお送りください。祥伝社ホームページからも、書き込めます。

〒一〇一―八七〇一　東京都千代田区神田神保町三―三
祥伝社　文芸出版部　文芸編集　編集長　坂口芳和
電話〇三（三二六五）二〇八〇　www.shodensha.co.jp/bookreview

切りとり線

◎本書の購買動機（新聞、雑誌名を記入するか、〇をつけてください）

＿＿新聞・誌の広告を見て	＿＿新聞・誌の書評を見て	好きな作家だから	カバーに惹かれて	タイトルに惹かれて	知人のすすめで

◎最近、印象に残った作品や作家をお書きください

◎その他この本についてご意見がありましたらお書きください

100字書評

照子と瑠衣

住所

なまえ

年齢

職業

井上荒野（いのうえあれの）
1961年東京生まれ。成蹊大学文学部卒。89年「わたしのヌレエフ」で第1回フェミナ賞を受賞しデビュー。2004年『潤一』で第11回島清恋愛文学賞を受賞。08年『切羽へ』で第139回直木賞を受賞。11年『そこへ行くな』で第6回中央公論文芸賞を受賞。16年『赤へ』（祥伝社刊）で第29回柴田錬三郎賞を受賞。18年『その話は今日はやめておきましょう』で第35回織田作之助賞を受賞。他の作品に『ママナラナイ』（祥伝社刊）『あちらにいる鬼』『あたしたち、海へ』『生皮 あるセクシャルハラスメントの光景』『小説家の一日』『僕の女を探しているんだ』などがある。

照子《てるこ》と瑠衣《るい》

令和 5 年10月20日　初版第 1 刷発行

著者———井上荒野《いのうえあれの》
発行者——辻 浩明
発行所——祥伝社《しょうでんしゃ》
〒101-8701　東京都千代田区神田神保町 3-3
電話　03-3265-2081（販売）　03-3265-2080（編集）
03-3265-3622（業務）
印刷———萩原印刷
製本———ナショナル製本

Printed in Japan © 2023 Areno Inoue
ISBN978-4-396-63651-7 C0093
祥伝社のホームページ・www.shodensha.co.jp

本書の無断複写は著作権法上での例外を除き禁じられています。また、代行業者など購入者以外の第三者による電子データ化及び電子書籍化は、たとえ個人や家庭内での利用でも著作権法違反です。造本には十分注意しておりますが、万一、落丁、乱丁などの不良品がありましたら、「業務部」あてにお送り下さい。送料小社負担にてお取り替えいたします。ただし、古書店で購入されたものについてはお取り替えできません。

祥伝社文庫
好評既刊

赤へ

「死」を巡って炙り出される
人間の〝ほんとう〟。

ふいに思い知る、
すぐそこにあることに。
時に静かに、時に声高に――。
第二十九回柴田錬三郎賞受賞作。

井上荒野

祥伝社文庫

好評既刊

ママナラナイ

老いも若きも、男も女も、
心と体は刻々と変化してゆく——。

ままならぬ心と体を描いた、
極上の十の物語。

井上荒野